TRES NOVELAS EJEMPLARES

MANUEL VÁZQUEZ
MONTALBÁN

TRES NOVELAS EJEMPLARES

ESPASA BOLSILLO

ESPASA BOLSILLO

Editora colección de bolsillo: Nuria Esteban
Diseño de colección: Álvaro Reyero
Maqueta de cubierta: Ángel Sanz Martín

Depósito legal: M. 32.246-1999
I.S.B.N.: 84-239-9697-2

Espasa, en su deseo de mejorar sus publicaciones, agradecerá cualquier sugerencia que los lectores hagan al departamento editorial por correo electrónico: sugerencias@espasa.es

Impreso en España/Printed in Spain
Impresión: Huertas, S. A.

Editorial Espasa Calpe, S. A.
Carretera de Irún, km 12,200. 28049 Madrid

ÍNDICE

TRES NOVELAS EJEMPLARES

INTRODUCCIÓN

MANUEL VÁZQUEZ MONTALBÁN: LA PRIMERA ETAPA

La obra literaria de Manuel Vázquez Montalbán (nacido en Barcelona en 1939) puede dividirse hasta el momento en dos períodos en cuya frontera situaríamos *Tatuaje* (1975), cuyo protagonista es el detective Pepe Carvalho. TRES NOVELAS EJEMPLARES reúne textos que incluyen su primera novela, *Recordando a Dardé* (1969); *Happy End* (1974) y *La vida privada del doctor Betriu,* que el autor fecha en 1980 y que fue publicada en la edición de 1982 de TRES NOVELAS EJEMPLARES. Ni su temática ni su técnica corresponde —preferimos adelantarlo ahora— a los dos textos «mayores». Las actividades de Manuel Vázquez Montalbán, en el ámbito de la literatura, son diversas. Tras licenciarse en Filosofía y Letras en la Universidad de Barcelona y en Periodismo, en la Escuela Oficial de Madrid, alterna el periodismo y la creación poética. Su primer libro, publicado en 1963, es un ensayo-estudio sobre la información, *Informe sobre la información. Una educación sentimental* (1967) y *Movimientos sin éxito* (1969) con sus primeros libros de poemas. Cuando en 1970 J. M. Castellet publica su discutida antología / manifiesto *Nueve novísimos poetas españoles* M. V. M. figura en primer lugar entre los «seniors». El criterio de Castellet se basaba en dos premisas fundamentales: la fecha de nacimiento de los autores allí reunidos (de 1939 en adelante) y un cambio en las bases estéticas de los planteamientos poéticos, fruto de la quiebra del «realismo», que Castellet fecha alrededor de 1962.

En la primera etapa de una obra amplia y diversa, durante la cual se afianza su papel de renovador del periodismo español, fue redactor jefe y comentarista de política internacional de una breve, aunque significativa revista: *Siglo 20,* y más adelante en la también desaparecida *Triunfo.* Las incursiones en el ámbito de la novela son escasas. Además de las ya citadas y aquí reunidas publica únicamente *Yo maté a Kennedy* (1972) en la corriente que hoy viene denominándose de «política-ficción». En cambio, sus incursiones en el ensayo no sólo alcanzan un éxito popular significativo, sino que algunos de sus libros se convierten en imprescindibles referencias generacionales. Constituyen, además, textos que definen un modo diferente de enfrentarse a la creación literaria. En 1968 dirige y firma uno de los ensayos de *Reflexiones sobre el neocapitalismo.* En 1970 su *Manifiesto subnormal* se convierte en el signo de la «nueva literatura» y su *Crónica sentimental de España* (1971), en la que reunía textos publicados anteriormente en la revista madrileña *Triunfo,* recuperaba aquellas zonas de la sensibilidad irrigadas por la cultura popular que la intelectualidad del momento prefería ignorar. Su atención a la canción popular se ponía también de manifiesto en la antología *Cancionero general 1939/1971* (1972), en el ensayo sobre *Joan Manuel Serrat* (1972) y en *Guillermota en el país de las Guillerminas* (1973). Paralelamente, sus ensayos políticos seguían manifestando un compromiso al que el escritor no ha renunciado: *La vía chilena al golpe de estado* (1973), *La penetración americana en España* (1974) o las irónicas *Cuestiones marxistas* (1979) [Marx y los hermanos Marx]. Su atención hacia los problemas de los medios informativos se manifestaba asimismo en *El libro gris de TVE* (1973). La primera etapa de su obra se desarrolla durante el franquismo, aunque la fecha que hemos escogido para diferenciar las dos partes, 1975, coincide curiosamente con la desaparición del dictador. La audacia en el tratamiento de algunos temas revela la progresiva permisividad del posfranquismo en los años últimos de la vida del antiguo régimen.

Desde «Una educación sentimental»

El primer libro no ensayístico de M. V. M. es un libro de poemas fechados entre 1962 y 1967 de acertado título, *Una educación sentimental* (1967 y 1970, edición ampliada). En unas declaraciones de 1974 su autor afirmaba: «Yo creo que en realidad sólo he cultivado dos géneros, la crónica y el poema. Si algún libro pudiera parecer teatro o novela es por un mero tic formal.» [1] La enumeración de personajes que conforman el «agradecimiento» inicial proponen al lector la significación de la naturaleza del libro: una mezcla de letristas de canciones populares, novelistas, músicos, cantantes, economistas y poetas (éstos de épocas y estilos bien diversos). De Ovidio a Vicente Aleixandre y Jaime Gil de Biedma, el aparente eclecticismo del autor responde a un planteamiento estético. En la Poética que introducía su selección en *Nueve novísimos* declaraba: «Ahora escribo como un idiota, única actitud lúcida que puede consentirse un intelectual sometido a una organización de la cultura precariamente neocapitalista» (pág. 59). En buena parte de la crítica la poesía de M. V. M. vino a entenderse como una incursión en la cultura *camp*. José Luis Giménez Frontín, en una significativa crí-

[1] Lluis Bassets, *M. V. M., en busca de sus señas de identidad. Tele/-exprés,* 10 de abril de 1974, pág. 25.

tica de *Happy End,* consideraba que la generación de M. V. M. «quizás a falta de auténtica vida que llevarse a la boca, había crecido embriagada de *cómics,* hipnotizada por la mitología de la Metro, cuando no de CIFESA y amados personajes, que no los sórdidos hombres y apagadas mujeres de carne y hueso. Una generación que, como alguien muy bien apuntó, sentía la excitación del brillo de las medias de seda, pero no demostraba demasiado interés ante las pantorrillas, cuando las medias descansaban arrugadas, sin vida, sobre el suelo» [2]. Convendría preguntarse ahora si los rasgos que caracterizaban la generación eran válidos para todos y cada uno de sus componentes o eran propios tan sólo de quien entendía que «una educación sentimental» venía a caracterizar los mecanismos de una forma expresiva. Por aquel entonces M. V. M. se definía como un «escritor charnego». Aunque nacido en Barcelona, la formación de M. V. M. cabalgaba entre la educación universitaria y lo popular fruto de una asunción de la posguerra en una zona de la Barcelona obrera que describirá con intenciones morales en *El pianista* (1985) y que se anunciaba ya en las declaraciones ya mencionadas: «El tercero, que llevará el título de *Plaza del Padró,* será un intento de dar en tres dimensiones la vida

[2] José Luis Giménez Frontín, *Sobre Happy End. Tele/exprés,* 10 de abril de 1974, pág. 35.

de un barrio barcelonés, casi como si el propio barrio fuera un personaje, en el tránsito de la guerra a la posguerra civil.» La utilización de «lo popular» en la primera poesía de M. V. M. no era un mero recurso, sino que procedía de vivencias asumidas. Ideología y estética venían así a confundirse. Los orígenes del escritor (coincidentes con los de Terenci Moix o con los míos propios) diferenciaban su experiencia de la de otros autores de la anterior generación barcelonesa (Carlos Barral, los Goytisolo o Jaime Gil de Biedma) o de otros miembros de su promoción (Pere Gimferrer, Félix de Azúa o Leopoldo María Panero). La difusión de novelas significativas del costumbrismo neorrealista, como la *Crónica de los pobres amantes* (1947), de Vasco Pratolini, de ribetes épicos antifascistas, contribuyó a «mitificar» lo que por parte de los intelectuales del momento era considerado como subcultural.

En gran medida la cultura popular venía propulsada por el cine. No es, pues, de extrañar que los personajes, las «estrellas» y los mitos del celuloide deambulen por los poemas de M. V. M. y también por los del primer Pedro (hoy Pere) Gimferrer. Si antes los «tontos» habían cobrado vida en Rafael Alberti, ahora John Gilbert, Greta Garbo, Glenn Miller y otros héroes de la canción popular supondrán la referencia-guiño que situará al poema en su circunstancia con un deje sarcástico y a la vez melancólico. La «educación», el sustrato, será necesariamente sentimental. Las referencias históricas, un tiempo no necesariamente mejor, nos llevará a la inmediata posguerra y a los años cincuenta. Los poemas de M. V. M. constituyen una referencia obligada para los nostálgicos que, más tarde, descubrirían el valor del pasado inmediato en la *Crónica sentimental de España* (nótese el hincapié en «lo sentimental»), donde, desde los años cuarenta, el autor desembocará en «los felices sesenta». Allí se descubre que «las normas de un subnormalismo integrado guían la cultura popular. Toda la juventud canta los éxitos de los Beatles, de los Rolling Stones, de Johnny Halliday, y no saben inglés, ni francés. Hay un desfase entre las formas culturales que han adoptado, entre las formas de su expresión (desde el vestuario hasta el lenguaje oral o mímico) y el contenido de esa relación con la realidad. Porque los paraísos del consumo nacional que podrían, y aún relativamente, equivaler a los emporiums de la Europa consumista, son islas fragmentadas, llenas de subzonas, en las que coexiste la cultura del esnobismo con la de la pobreza» (págs. 200-201). Desde una perspectiva crítica, desde la ironía del recuerdo, el autor trata de señalar los pies de arena que sostienen los mitos de la cultura popular, salvando (como en el caso de las canciones de Conchita Piquer) lo que, sin ser absolutamente consciente, puede recuperarse a los ojos de un escritor que se considera crítico y revolucionario.

«Manifiesto subnormal»

En 1970, M. V. M. publica un libro que constituye un verdadero manifiesto. Así lo califica el propio autor. Frente a un mundo que parece absurdo opta por la actitud del «subnormal». Nuestro tiempo parece caracterizado por la fórmula que viene a sustituir a «la muerte de Dios»: «se trata de la muerte del hombre, del réquiem del humanismo decimonónico entonado por intelectuales aterrorizados por llamarse Foucault y no Werner von Braun. Resulta que el desencanto es un derecho histórico e incluso un saber categórico si viene formulado en un contexto expresivo legitimador» (pág. 15). La desaparición del humanismo que aquí se advierte no es, desde luego, la del humanismo renacentista, ni siquiera la del humanismo cristiano. Tampoco, aunque el autor no llega a mencionarla, la del humanismo marxista. Aquel «hombre nuevo», diseñado por Marx y anhelado por Antonio Machado, se sustituye por unas muertes concretas. Aun situándose lejos de la teoría, un término flota en la cita mencionada que viene a caracterizar el presente y el futuro de la cultura española: el *desencanto*, considerado como un *derecho histórico.* Descubrimos a M. V. M. en las antípodas de aquel optimismo histórico que permitía encuadrar las legiones intelectuales de la izquierda. «Me atrevo a sospechar que la muerte es un hombre vietnamita, un niño biafreño, una muchacha extremeña que bebió lejía porque un muchacho extremeño le levantó las faldas y le metió un diablo en el cuerpo. Éstos son los muertos que reconozco. Los otros son muertos sin realidad...» (pág. 16)

Manifiesto subnormal propone un análisis de la realidad sociocultural mediante fórmulas textuales de diverso signo: ensayismo, poesía visual, destrucción textual, sátira de fórmulas publicitarias, elementos procedentes del mundo de la canción popular o de la imagen; poesía, política-ficción, utilización de los horóscopos periodísticos, letrismo, fotos publicitarias, signos, humor. En sí mismo, el *Manifiesto subnormal* es una caricatura del manifiesto de las vanguardias de preguerra. Es un manifiesto-antimanifiesto.

En su núcleo advertimos la utilización del texto sagrado de la izquierda: el *Manifiesto comunista:* «ESCUCHAD: / Un fantasma recorre el mundo disfrazado de ejecutivo disfrazado de hippi disfrazado de policeman disfrazado de bussinesman disfrazado de teen ager disfrazado de Che Guevara disfrazado de play boy disfrazado de príncipe heredero disfrazado de Mao Tse Tung disfrazado de

Ovidio disfrazado de hombre de negocios soviético...» (pág. 29). El hombre de nuestro contexto aparece en una metamorfosis continuada e irracional. Bajo los demoladores juegos de artificio el escritor intenta descubrir los restos de una moral que le permitan tolerar el mundo que lo rodea. La ambigüedad es calificada «como un instrumento legitimador de la esquizofrenia» (pág. 39). M. V. M. analiza la naturaleza del escritor: «la sociedad le utiliza como un espectador de su propio cuerpo, espectador lleno de privilegios que pudo incluso contemplar el culo de la vieja dama».

En gran medida *Manifiesto subnormal* discurre por cauces irracionalistas, próximos al *dada* y al surrealismo. Aparecen personajes de la actualidad política, social, filosófica o literaria que dialogan absurdamente. Pero también en esta parábola de la destrucción textual se condena el surrealismo en boca del narrador: «el surrealismo representaba la misma baza del doble juego burgués que en política se traducía en el fascismo... Era un falso terrorismo cultural que distraía la atención del filisteo de la nueva literatura de combate social derivada del naturalismo» (pág. 68). La aparición, entre los personajes que dialogan, de uno de los héroes del mayo revolucionario del 68 francés, Cohn Bendit, constituye un signo de las raíces de esta obra de M. V. M. Aquel grito de «la imaginación al poder», de entrañas tan profundamente surrealistas, subyace en los planteamientos iconoclastas. La burguesía, advierte el autor, se encuentra ya en disposición de aceptarlo todo: «es preciso que algo cambie para que nada cambie» (pág. 70). Todo parece predestinado a la corrupción. Significativamente en la *novellage* final el filósofo Manuel Sacristán señala «a un grupo de maduros seguidores»: «—Sólo sobrevivirá un tipo de literatura inteligente y agravando más el divorcio entre cultura de élite y cultura de masas. / —Pero, maestro, en esa necesidad sorpresiva del producto literario ¿no subyace una corrupción mercantil neocapitalista? / —Tú lo has dicho.»

Manifiesto subnormal es el mejor ejemplo de análisis radical de una realidad social e intelectual asediada por el consumismo y la progresiva pérdida de los valores. En el libro de M. V. M. podemos descubrir el germen de cuanto irá produciéndose en la España del posfranquismo. Y será precisamente esta elucubración ensayístico-textual la que podrá iluminar fácilmente las primeras tentativas del narrador.

«Recordando a Dardé» (1969)

La primera novela de M. V. M., *Recordando a Dardé,* es entendida por Ignacio Soldevila como «un tanteo en la dirección que va a tomar definitivamente su narrativa... se anuncia ya, en cierto modo, la intención luego manifiesta de romper a la vez con las "reglas de la novela moderna", integrar en sus formas narrativas elementos ajenos al género (en nuestro tiempo), como fragmentos poéticos y repasos escénicos, acotaciones, etcétera» [3]. Se trata, en efecto, de una primera novela. En la primera edición figuraba acompañada por una serie de relatos (*El comentarista de política internacional ha enloquecido, Helena del París de Francia, Desde un alfiler a un elefante, ¿Cuánto tiempo estaré aquí, 1945* y *El muchacho del traje gris)* suprimidos en la edición de *Tres novelas ejemplares.* Algunos de ellos plantean las referencias mítico-culturales que descubriremos también en las novelas; otras se refugian en el costumbrismo de los años de la infancia (testimonio y planteamiento moral).

Pero *Recordando a Dardé* constituye la primera incursión en la novela, aunque por su dimensión pueda calificarse de «novela corta». La posterior calificación de «novela ejemplar» irónicamente puede entenderse en el doble uso del término (cervantino y de ribetes morales). Ya en esta primera novela el autor plantea la obra sobre un esquema de narración popular (los efectos del relato de ciencia-ficción sirven para conformar la socio-ficción).

[3] Ignacio Soldevila Durante, *La novela desde 1936*, Alhambra, Madrid, 1980, págs. 406-407.

La identificación del espacio en el que desarrolla el relato no es difícil. Al margen de algunos datos concretos (la masía de Can Mariner) se alude a la rivalidad de la población con San Joan de las Abadesas, a la fiesta mayor de Olot, a la Vall del Bac, a Coll d'Ares. Finalmente, la imaginaria población es identificada, en la visión del sargento Rufino Vázquez, cuando los pregoneros cantan su hazaña: «rescató los robots para el pueblo de Romaí». Sin embargo, la localización en la Cataluña pirenaica parece perfectamente definida.

En la pequeña comunidad advertirá el narrador los restos de la guerra civil y el recuerdo de los maquis, los efectos de la ola de consumismo, el papel de la pequeña burguesía catalana, los efectos de la propaganda franquista (el eslogan de los XXV años de paz, aludiendo al cuarto de siglo posterior a la guerra civil). La estructura de la novela es tradicional. Se «presenta» una situación en la 1.ª Parte *(El árbol de la Vida. El árbol de la Ciencia* —denominación claramente barojiana—; se desarrolla en la 2.ª *(El Circo)* y se resuelven las incógnitas en la 3.ª *(Los antepasados olvidados)*. Se sitúa el relato en las dos primeras partes en tiempos sucesivos. Se fecha, incluso, la segunda visita al pueblo de Dardé (27 de julio de 1964); en tanto que en la breve resolución de la tercera se precisa también otra fecha, la del 28 de julio de 1999. Será el factor temporal el que determinará el desarrollo y significado «ejemplar» de la novela. La llegada de Dardé se produce en «el momento más propicio» de la historia del pueblo. Su comunidad se divide entre lugareños (divididos a su vez por su calidad de emigrantes o naturales) y veraneantes (anticipo de los turistas). El cambio social operado en la década de los años sesenta tiene también sus repercusiones: «los vientos de renovación habían traído televisiones, quince o veinte motocicletas repartidas entre jóvenes artesanos del pueblo y dos coches utilitarios a hijos preclaros, practicantes del pluriempleo y del ahorro...» Sin embargo, tales cambios materiales no suponen sino una pequeña alteración en el ritmo de vida. No falta la alusión a la fábrica: «La fábrica de tintes había sido otro acontecimiento... Las chicas del pueblo habían ganado una pequeña victoria feminista contra sus familias y habían cambiado la esclavitud gratuita de la limpieza y el corte y confección por la esclavitud pagada del trabajo fabril en serie.»

La comunidad está defendida por un pequeño destacamento de guardias civiles. El sargento es un gallego emigrado, destinado al pueblo en 1950. La identificación del personaje, recurso barojiano, alude a cuanto hace que el personaje se concretice a través de datos que lo individualizan: «permanecía pegado al paisaje donde había enterrado al padre». Se saludaba con cordialidad con el almacenista, quien durante la retirada republicana había «despeñado un Hispano-Suiza y enterrado una pistola y el libro *Teoría del Estado y la Revolución,* de Lenin». Junto al alcalde y doña Luz, la esposa del maestro, forman las «fuerzas vivas» de la localidad. Doña Luz es un personaje que viene definido por una sicología eróticamente enfermiza. La mezcla de frustración amorosa y religiosidad no deja de ser un tópico, así como la breve ceremonia del exorcismo, apenas apuntado. Tan sólo la figura del enigmático Dardé rompe el tono costumbrista del relato. Será su figura la que alterará la plácida vida del lugar. Ante el delantal almidonado de la hija de Can Tusquets, Dardé reacciona con una sentencia al margen de la narración: «—¡La soledad de la materia!» Dardé se instala en la antigua mansión de «La Señorita». Posee un jeep que conduce temerariamente y produce la estupefacción del lugar cuando se descubre que su profesión es la de físico.

Tancio, un sensible adolescente, será en adelante el narrador. Rompiendo las reglas de la narración objetiva M. V. M. confiesa que «... Tancio es un factor importante en la historia que cuento, y se lo confieso al lector consciente de que falto a todas las reglas de la novela moderna, que ha prohibido el diálogo entre el novelista y el público. Pero está muy lejos de mi intención el escribir una novela. Sólo pretendo testificar en la crónica sentimental de una época y un sucedido que tuvo enorme trascendencia en la historia de estos lugares. El mío es un realismo comarcal.» En esta confesión el novelista muestra con claridad sus reglas. *Recordando a Dardé* se califica de «crónica sentimental» e irónicamente, ante la polémica sobre el realismo en la que se debate la novela española y latinoamericana de la época, M. V. M. opta por el paradójico «realismo comarcal». Dardé que habla «el idioma de los sabios» ofrecerá sus particulares consideraciones sobre la novela en un artificioso diálogo con Tancio: «cuanto más rigurosamente se mantiene el realismo en la exterioridad del gesto del "así fue", tanto más se convierte esta palabra en un mero "como si"...» Los ejercicios estilísticos son escasos. Se narra desde un deliberado tono gris con alguna excepción afortunada como la descripción de la sonrisa de Dardé: «La niña de cada ojo se estrechó y se clavó puntiaguda en el rostro de Dardé, porque el rostro de Dardé había sufrido un cambio radical. Las cejas del profesor se habían curvado y parecían más delgadas, los ojos se habían abierto y querían asomarse por los laterales de las lentes, la nariz aplastada, las aletas dilatadas. Parecía como si toda la parte superior de la cara del profesor preparara racionalmente algo a realizar por la parte inferior. Y, en efecto: con lentitud de siglos, la dura piel que rodeaba los labios empezó a desplazarse, a empujar los músculos de las mejillas hacia arriba, allí quedaron detenidos unos segundos y el movimiento continuado de ascensión provocó que se hincharan los carrillos, amontonados como lomas.» Tancio manifiesta su sensibilidad escribiendo poemas becquerianos, alentado por doña Luz cuya enfermiza hipersensibilidad desembocará en la tercera parte en un irónico comportamiento. La preocupación por la sicología de los personajes es escasa. En contadas ocasiones el narrador se aventura en las actitudes subconscientes. No trata de justificar comportamientos, sino que permite que el lector extraiga sus propias consecuencias. Tras emigrar a Bruselas doña Luz «daba clases de español y se había afiliado a un grupo trostkista...». La emigración es consecuencia de la carretera de Olot que se halla en construcción. Son «castellanos en general y "jaeneros"». Se describen a través de imágenes plenas de afectividad. «Los peones de Obras Públicas tienen un algo de monjes resignados y agrios... El mundo de los peones de Obras Públicas es lineal y áspero...» Pero el «coro» de la emigración, aunque presente y tema constante en la obra de M. V. M. tiene escaso protagonismo. Éste corresponde antes a las «fuerzas vivas». El descubrimiento de extraños seres en la casa que habita Dardé refuerza las suspicacias de la población. La intervención del alcalde no hace sino acentuar la caricaturización del cargo. No menos tópica es la identificación del estudiante como marxista contrario al consumismo que invade el medio.

El descubrimiento de los robots construidos por Dardé acelera el ritmo de la narración. Convendría apuntar que hasta el momento el relato discurría impregnado de esencias cinematográficas. El costumbrismo inicial se tornará delirio imaginativo que nos recuerda el filme de Bardem y Berlanga *Bienvenido Mister Marshall* (1952). Ya hacia el final de la novela se acentúa la técnica del *collage.* Así el *Manifiesto consumista.* La imaginación se desborda anticipando la que va a ser su novela siguiente. Y ya en la tercera parte, introducido por unos versos de ecos cernudianos («Empequeñecen las distancias / nuestras voces / actuales / son la realidad y el deseo...») se iluminan las zonas oscuras de la narración. Al filo del siglo XXI sigue manteniéndose la estructura política del franquismo, el Opus Dei y Su Excelencia; en tanto que el pueblo ha perdido sus esencias y se ha convertido en una comunidad al servicio de la robotización. Dardé es sólo un recuerdo, algo así como una pesadilla tamizada por la nostalgia. Las consecuencias que pueden extraerse de esta primera novela son claramente perceptibles para el lector. M. V. M. le ha ofrecido una operación intelectual con un marcado propósito. El mundo del futuro es previsiblemente perverso por la acentuación de la constante desaparición de los signos de identidad. La despersonalización se efectúa no en el ámbito de una comunidad urbana o nacional (como en Huxley); aquí la perspectiva se reduce y el novelista reduce el ángulo de su enfoque. *Recordando a Dardé* no llega a romper totalmente con el realismo, pero su autor tantea diversas fórmulas que han de permitirle una mayor libertad experimental.

«*Happy End*»

Publicada en 1974, *Happy End* parece la natural consecuencia narrativa de *Manifiesto subnormal*. Las timideces experimentales han desaparecido aquí totalmente. *Happy End* es ya una narración elaborada con mitos cinematográficos y personajes populares siguiendo una técnica acelerada en su ritmo que recuerda las experiencias de Gonzalo Suárez. Carlos Barral había publicado un significativo ensayo sobre el porvenir de la novela española, que venía a poner de manifiesto la indefinición, consecuencia de una exagerada atención al fenómeno, eminentemente editorial, del *boom* latinoamericano. Planeta y Barral Editores emprendían la publicación de nuevos narradores. «Tengo el convencimiento, señalaba allí Barral, de que sí existe [una novelística posterior al *boom*] o comienza, al menos, a existir, una novela española y latinoamericana... una literatura que en su conjunto se debería definir como menos anecdótica, más preocupada por el material lingüístico y por las significaciones generales y aleatorias.» [4]

Happy End era una novela más breve que *Recordando a Dardé,* más intelectualizada, más próxima al mundo del *cómic,* más intencionadamente desmitificadora e igualmente ejemplar. El protagonista parece desdoblarse entre un «yo» narrador e indefinido y un Humphrey Bogart no totalmente asumido o tal vez asumido sin excesivo convencimiento. El personaje anda al encuentro de una figura femenina, Lola, que se describe al inicio de la novela a través de un repertorio de elementos negativos: «le faltaba un poco de terciopelo en la mirada y aunque sus piernas bien habrían podido intentar la competencia con las de Lola, había menos cansancio en su pose, como si le sobrara un pequeño excedente de vitalidad y sus vuelos sobre la peana murieran antes de tiempo por la prisa de concluir el espectáculo, volver a casa, hacerse un bocadillo, hacer el amor».

El tratamiento de la narración es mucho más elaborado. A un mayor enriquecimiento estilístico se corresponde una continuada destrucción de lo narrado: «Entré en el local. O tal vez todavía no. Di una vuelta al local. O tal vez todavía no.» El lector se ve por ello obligado a distanciarse de lo narrado. Una confesión del narrador —casi un yo líri-

---

[4] *Triunfo,* 30 de septiembre de 1972.

co— puede iluminar los mecanismos de su comportamiento. «Cuando yo nací ya había acabado la aventura. Lola estaba en los libros y a veces en la piedad del reprise en los cines de barrio. Se había gastado toda la épica y todo el lirismo. No habían dejado nada para mí. Si acaso un destino de burócrata de la nada que podía llegar por su propio esfuerzo desde la más absoluta pobreza a la nada o desde la nada a la más absoluta pobreza.» La aventura no puede ofrecerse con una técnica lineal. Ni siquiera los héroes —para quienes ya no existe la aventura— son tales héroes, sino encarnaciones de mitos cinematográficos que representaron héroes. La realidad resulta, pues, un espejismo. Y la capacidad del autor para transformar las escenas en parodias y mezclar los personajes reales con los seres de la ficción supone destruir el escenario tradicional de la novela, arrumbar con los convencionalismos del espacio y tiempo literarios que se corresponden con los reales.

El yo narrador que es en ocasiones Humphrey Bogart es también un escritor: «yo escribía relatos impublicables para revistas norteamericanas inexistentes». Una vez más el novelista se sitúa en el mundo cinematográfico. El cine aparece como un valor más sólido que la literatura. «Digamos que esta característica del personaje era muy cara a los guionistas inteligentes de entreguerras, dispuestos a introducir la presencia de la ambigüedad incluso en los comunicados más banales.» Las referencias al mítico filme *Casablanca,* los nombres de Ava Gardner, Pier Angeli, Leslie Howard, Cecil B. de Mille, Robert Mamoulian, Fritz Lang, Lauren Bacall y Errol Flyn son mencionados e incluso convertidos en protagonistas del relato. Tales figuras se han transformado en símbolos. Representan su propio papel. Entre el personaje y el autor aparece, con rasgos pirandelianos, el guionista. Es él quien en última instancia puede alterar el relato: «en los ojos del guionista vi la desesperación y la rabia. Al fin y al cabo yo era una pieza, una simple pieza en una vasta industria del comportamiento humano». La persecución de Lola (ideal, imagen que huele a celuloide) es obstaculizada por los cambios de escenario. Es una persecución que tiende a destruir el mito, puesto que la intención del perseguidor es criminal. Y más adelante un probable policía interroga al narrador como probable asesino. Ello no impide que páginas más adelante volvamos a encontrarnos con Lola en Cuba. El paisaje y las situaciones no son sino efectos de cartón-piedra.

Los escenarios clásicos del cine de los años cuarenta (presentes también en Pere Gimferrer, en Terenci Moix, como lo habían sido antes en promociones anteriores) se alternan con la mítica historia de la izquierda. Naturalmente, la guerra civil española, aunque ésta parece fruto del guionista de *Por quién doblan las campanas,* tan exótica como

La Habana de Batista y la Praga de las defenestraciones, el París de la Liberación; el de 1963, durante la guerra de Argelia; el de mayo de 1968. Allí conoce el yo —Bogart o Bogey— a Ernest Hemingway, que pasa a convertirse en un coprotagonista de la acción. En el París liberado —el de la libertad— habría podido darse el final feliz —el título del relato—. No hay *Happy End* ni para los mitos del cine, pese a los requerimientos del guión, ni para los momentos históricos. El «duro» Bogey se niega a bombardear Guatemala, cuando los norteamericanos intervienen para derrocar a Jacobo Arbenz, y de la nostálgica y piadosa (en ocasiones) destrucción / utilización de mitos no se salva ni Fidel Castro, ni el «asmático argentino» (Che Guevara). Cuando Castro advierte paternalmente: «—Y no se nos muera, gringo, sin habernos visto desfilar triunfantes por las calles de La Habana», se establece un significativo diálogo: «—No me gustan los desfiles triunfales. / —Es usted un anarquista del carajo o Gary Cooper. / —Dejémoslo en Humphrey Bogart. / —Es verdad. Le va mejor el tipo. Es usted Humphrey Bogart. ¿Quiere?»

¿Puede considerarse al protagonista de *Happy End* como un personaje anarquista? La carencia de ideales —salvo una vaga simpatía por la libertad y la izquierda— y su cinismo no permiten reconocerlo así. El protagonista de *Happy End* es un ser casi abstracto, irreconocible salvo por sus referencias cinematográficas. Es el precursor de Pepe Carvalho; pero en su saga policiaca Vázquez Montalbán había construido ya un personaje, lo había encarnado, definido físicamente. Los problemas creativos que se propone *Happy End,* de raíz radical, casi dadaísta, experimental, se habrán superado. El narrador se sirve de fórmulas bien conocidas para acrecentar el absurdo que preside el desarrollo del relato. Lola es también un espejismo revolucionario. El autor confiesa, finalmente, no haberla conocido y contar treinta y cuatro años (la misma edad de M. V. M. cuando escribe la novela). En la decepción («has dejado el ruido y la furia [Faulkner no es mencionado, pero la alusión es clara] de las palabras que matan o duermen») que lleva al consumismo, Lola aparece tan sólo a bordo de automóviles que pasan: «De hecho siempre la veo en otro coche y en sus ojos descubro la cinta continua de la canción con que despide hombres y paisajes: "pasa de largo extranjero, no hay piedad para el que pierde el tren del viento".» Pese a todo, M. V. M. sabe encontrar un poético final, si no feliz, a una novela de claras ambiciones intelectuales.

«La vida privada del doctor Betriu» (1982)

Este relato corto, inspirado en *El doctor Jeckyll y Mister Hyde* de R. L. Stevenson, fue calificado por su autor de «novela ejemplarmente corta e inédita». Corresponde a otra etapa de su producción (fue escrita en 1980) y constituye un excelente ejemplo de sagacidad narrativa que permite, junto a las dos anteriores novelas, contemplar la maduración narrativa de su autor. El tiempo y el espacio narrativo son aquí identificables. La acción se sitúa en el campus universitario de Bellaterra (Universitat Autònoma de Barcelona) y no sería difícil nombrar a algunos de los personajes apenas disimulados en el relato. Se trata, para los amigos de M. V. M. y para los iniciados, de una historia de claves. No sería honesto ni para aquellos personajes, ni para el novelista, ni siquiera para el lector (que no los conoce), descifrar este pequeño mundo académico, literario. En definitiva, el relato debe poseer valores superiores a lo que no deja de ser un «juego» literario más, del que podemos encontramos huellas en otras novelas de la segunda época de M. V. M. Lo que diferencia esta pequeña pieza de sus hermanas mayores es que en ella su autor ha abandonado cualquier veleidad experimental. Ya no hay problemas convencionales entre materia narrativa y realidad. En todo caso, la moraleja, la moral final, permite situar al relato entre las «novelas ejemplares». Pero ¿qué novela mínimamente ambiciosa no esconde una moral?

El narrador cuida ahora la psicología de los personajes. La figura del profesor Betriu aparece encarnada, definida físicamente, detallados sus rasgos incoherentemente coherentes. El novelista crea un clima (recurso este característico e imprescindible de las novelas policiacas) que alcanza el misterio y el clímax. Se sirve aquí de los mecanismos del género —en *Recordando a Dardé,* la ciencia-ficción; en *Happy End,* el *cómic*—. No faltan ni las muchachas asesinadas, ni los extraños comportamientos que se desvelan y se convierten en hechos vulgares. En Betriu se plantea precisamente un tema tradicional en la novela: la insatisfacción vital del intelectual puro, la contradicción entre vida intelectual y acción. Betriu es un pedante, un personaje admirado por la comunidad universitaria; pero encierra una insatisfacción profunda que acentúa sus diferencias. Su descripción: «era austero en las comidas, ceremonioso con los compañeros de oficio y con las alumnas, generoso con los colegas y pulcro en sus camisas, característica de agradecer en un contexto de profesores solterones o mal casados» pronto se verá alterada. El narrador forma parte de la misma comunidad, aparece implicado en el relato. Es un «yo» que se autodefine: «... de no haber sostenido yo aquella temporada una relación intermitente con una profesora de psiquiatría... Cara al techo, semidesnudos de cuerpo y alma, hablábamos de libros, de la impotencia o mala fe de la izquierda, de trastornos académicos, de compañeros, conversaciones inevitables en nuestro oficio...»

El campus universitario es contemplado con ironía y tampoco faltan las alusiones o guiños que el narrador establece con sus lectores: «—¿Has leído lo de Sacristán en *Mientras Tanto?* / —Lo estoy traduciendo. / —¿Traduciendo? / —A Sacristán y en general a todos los de *Mientras Tanto* hay que traducirlos antes de leerlos...» M. V. M. sabe que cualquier relato es preferible inscribirlo en mundos conocidos y reconocibles. La novela ha retornado a una captación de mundos abarcables (el pequeño pueblo, Bangkok, o la universidad de Bellaterra). El narrador relata desde la nostalgia. Los estudiantes «tenían la misma edad que yo cuando me pudría académicamente en el viejo caserón universitario, entre clandestinidades, saberes apresurados y moralidades adolescentes. Al mirarlas me parecía posible succionarles tiempo perdido, como si fuera un vampiro en trance de renovar las células de su tiempo muerto». Dicha «narración desde la nostalgia» comporta, a su vez, rasgos líricos. Y en este camino, la integración de lo lírico en el análisis de una psicología completa, en las fórmulas de novela popular es donde M. V. M. alcanza sus mejores logros. Pero el relato denota signos de cierta crueldad. No sólo en el descubrimiento del comportamiento sádico del doctor Betriu, sino en la complacencia de su descubridor, en el asalto a la intimidad. La fotografía de Nietzsche «es la evidencia misma de que hasta el ser humano más inteligente dispone de un lugar oscuro en su alma para la más feroz estupidez». Enlazando con la novela de la «serie negra» el comportamiento de investigadores y asesinos no difiere excesivamente. La última imagen del relato, la del profesor masturbándose en el retrete, confirma el cambio operado en la narrativa de M. V. M. El análisis del personaje ha sido demoledor. La técnica del relato, adentrándose poco a poco en los círculos en los que se movía el doctor Betriu, no presenta fisuras. El novelista ha descubierto el mal y quiere hacernos comprender que no se trata de un juego. El alcohol, la discoteca nocturna y sus luces artificiales, la autopista, los escarceos sexuales, la peluca de Betriu son los signos de una decadencia moral porque son las zonas oscuras de un sabio a la luz del día. Su grito final: «¡Vive, cabrón, vive!» no es sino una exclamación de impotencia, el dramático desarraigo de un ser que caracteriza al hombre moderno y que ya Stevenson había intuido.

Las TRES NOVELAS EJEMPLARES, de Manuel Vázquez Montalbán, suponen, asimismo, un ejemplo literariamente elocuente de la evolución de la joven novelística española en los últimos años; entre el experimentalismo y la novela de género.

JOAQUÍN MARCO

BIBLIOGRAFÍA

Obras literarias de la segunda época:

Cómo liquidaron el franquismo en dieciséis meses y un día, (ensayo), Planeta, Barcelona 1974.

Tatuaje (novela), Libros de la Frontera, 1975, Plaza & Janés, Barcelona, 1976.

Los demonios familiares de Franco (ensayo), DOPESA, Barcelona, 1978.

La soledad del manager (novela), Planeta, Barcelona, 1978.

La palabra libre en la ciudad libre (ensayo), GEDISA, Barcelona, 1979.

Los mares del Sur (novela) Planeta, Barcelona, 1979, premio Planeta 1979.

L'art de menjar a Catalunya (gastronomía), Edicions 62/Península, Barcelona, 1980.

Historia y comunicación social, Bruguera, Barcelona, 1980.

Asesinato en el comité central (novela), Planeta, Barcelona, 1981.

Los pájaros de Bangkog (novela), Planeta, Barcelona, 1983.

Praga (poesía), OCNOS, Barcelona, 1983.

La rosa de Alejandría (novela), Planeta, Barcelona, 1984.

Mis almuerzos con gente inquietante, Planeta, Barcelona, 1985.

El pianista (novela), Seix Barral, Barcelona, 1985.

NOTA DEL AUTOR

Recordando a Dardé fue la primera de mis novelas que decidí publicar. La acabé en 1965 y no fue editada hasta 1969: cuando no había problemas de censura había problemas empresariales. Novela *ejemplar* donde las haya, porque reinstaura la política ficción en la novela española, modelo narrativo que había sido excelentemente cultivado por algunos novelistas de la República e incluso ensayado por el Baroja de los años treinta.

Happy End apareció en 1974 y es *ejemplar* porque la escribí voluntariamente, en contra de la tendencia dominante entonces y ahora, en la narrativa española, de que los personajes tarden cincuenta folios en subir una escalera. Traté de probar que en una pequeña novela de cincuenta folios cabían todos los argumentos del cine y la historia épica que más me afectaban.

La vida privada del doctor Betriu es una novela ejemplarmente corta e inédita.

Agradezco a Carlos Barral la prueba de confianza o de escepticismo cultural que me dio al publicar mi primera novela. A Vargas Llosa, los elogios públicos, privados e incluso escritos que ha dedicado a *Happy End.* Y a R. L. Stevenson el que hubiera escrito *El doctor Jeckyll y míster Hyde,* ya que, sin este precedente, *La vida privada del doctor Betriu* habría sido mucho más larga.

RECORDANDO A DARDÉ

PRIMERA PARTE

EL ÁRBOL DE LA VIDA, EL ÁRBOL DE LA CIENCIA

Entre holocaustos
de siemprevivas, feroces
los recuerdos de muertos
que sólo yo recuerdo
y al cabo
ríos antiguos a mares
de acetileno, oleoductos
de guerras frías, acacias
de cartón piedra, exportaciones
de vírgenes a Australia
sólo
las viejas ruinas lo dicen todo
y no dicen nada
al cibernético
le sobran los tirabuzones, el vuelo
del organdí
las lágrimas, los recuerdos.

—J. W. Dardé —repitió el hombre.

La hija de Can Tusquets rompió la punta del lápiz al escribir la uve doble sobre la página grisácea y rayada de un cuaderno escolar.

—Las naranjas, el bacalao, el jamón.

Humedeció la punta del lápiz de tinta con la lengua y se lamió después un dedo para ver si le había quedado sucia. J. W. Dardé o el profesor Dardé, tal como se había presentado, dobló las rodillas hasta apoyarlas en el mostrador y recuperó la posición vertical y firme, como movido por un resorte. Unos minutos después, le vimos subir al jeep y doblar la esquina para coger la carretera de Olot. Un cuarto de hora más tarde, el sargento de la Guardia Civil, el herrero, dos ex alcaldes, el alcalde y el propietario del cine, parlamentaban alrededor de una de las mesas de mármol del café.

—Nunca le he visto.

—¿No será pariente de aquellos veraneantes que estudiaban en la Universidad?

—Al menos nunca vino con ellos.

—Doble uve...

—No será español.

—Pero Dardé... parece un apellido catalán.

—Bien catalán. Debe de venir de Darder: el que tira dardos.

El forastero había llegado con una zamarra de ante y pantalones de pana ancha y marrón. Llevaba botas de excursionista y había algo de montañero en su cara aquilina y atezada, incluso en sus andares y en el movimiento de sus brazos.

—Debe de ser un botánico. Yo conocí antes de la guerra a uno. Daba muchas caminatas por Camprodón. Buscaba hierbas. Se dice que no hay hierbas como las de Camprodón y Set Casas.

—Toda Cataluña es muy rica en hierbas medicinales.

—Pero son mejores las de zonas más secas..., más abajo de la «plana de Vic».

—La Garriga, Aiguafreda.

—¿Y los alrededores del Montseny? ¿Y los alrededores del Montseny?

Atardecía y volvían, lentas, sobre sus bicicletas, algunas muchachas veraneantes. Subían del río o regresaban de Camprodón, o simplemente daban tediosas vueltas al pueblo envueltas en olores a río y a mosquito, a porquerizas, a serrerías, a tintes, a podridas hojas de haya que tapizaban las laderas de las colinas. Empezó a lloviznar a la hora de costumbre y el veraneante de costumbre repitió como cada tarde:

—Es que estamos en el pre-Pirineo.

Y su mujer le dio un pote de latón y una linterna para que se fuera a buscar caracoles.

La casa de la Señorita se descubría un buen trecho después de haber salido del término del pueblo. Podía divisarse desde el cementerio si uno se atrevía a subir sobre la losa del panteón de los Sirera, patricios en otros tiempos adictos al pueblo y que últimamente lo tenían olvidado. La casa de la Señorita era una casona de piedra del río y tejado de pizarra, una masa oscura entre los abetos de la colina, a cuyo alrededor crecían las mejores setas del término municipal. Sobre la losa de los Sirera fueron pasando las alpargatas de todos los niños del pueblo. Algunos aseguraban haber visto al profesor Dardé haciendo gimnasia en el porche de la casa, y otros, más afortunados, le habían visto tocar el violín, al atardecer, generalmente en días de propicias puestas de sol.

—Es un hombre muy culto que ha estudiado en Bélgica, París y Nueva York.

La información del cura desarticuló una maquinación irracionalista urdida en torno al enigmático J. W. Dardé.

—¿Le ha visto usted?

—Le he visto.

—¿Ha hablado con él?

—He hablado con él.

—¿Y qué?

—No os asustéis. No es un moro. Es un cristiano. Tiene sobre su mesilla de noche varios libros de electrónica y el Kempis. ¿Valoráis el detalle? ¿Insisto? La ciencia y la fe. Ahora no es preciso que insista mucho sobre esto, pero antes de la guerra... ¿No eras tú quien decía que si todo el pueblo supiera leer iba a quedar la iglesia sin clientes?

Uno de los ex alcaldes se puso rojo y tartamudeó:

—¿Volvemos al asunto? ¿Otra vez? Yo era muy joven.

—Un masonazo, diría yo.

—Eso no, padre, eso no.

—Un libertario.

—Eso tampoco..., no, padre, no...

—Un separatista.

El ex alcalde miró de reojo al sargento de la Guardia Civil, que fingía no escuchar.

—Agua pasada no mueve molino.

No faltó quien criticara al cura por haber puesto en evidencia una vez más al ex alcalde. La mujer del ex alcalde, una vigorosa carnicera cincuentona, dejó caer un corazón de ternera sobre sus pies, cuando una clienta le puso en antecedentes del ataque que la Iglesia había infligido a su marido.

—¿Otra vez? ¡Señor! ¡Señor!

Y le estuvo esperando en la puerta de la tienda hasta que volvió del café. Un grupo de chiquillos pasó ante la carnicería. Le aseguraron que habían visto salir chispas por la ventana de la casa de la Señorita.

Mosén Cardús pertenecía a esa variedad de cura catalán de origen campesino, vagamente atraído en su juventud por la campaña catalanista de un hogar nacional a base de «la casa y el huertecillo», y que, conmocionado por la visión de milicianos con gorra de hule, había pasado por la experiencia de capellán castrense del bando nacional durante la guerra civil. Después de la guerra su mentalidad y la complejidad física y anímica de su existencia se habían adaptado a la rutina de las parroquias campesinas que había recorrido. Una en el Vallés Oriental y otra en aquellas tierras húmedas del viejo camino de Francia de los romanos, con sus bosques de hayas y robles y las frías aguas del joven Ter. Su existencia de cura rural era un diario combate con la chiquillería de la catequesis, alguna confesión y largos soliloquios sobre la conveniencia de cambiar el campanario o de trasladar el campo de baloncesto a una era próxima al bosque de robles. De vez en cuando se le avinagraba el temple y colaboraba en la guerra fría con alguna que otra puya dirigida desde el púlpito contra el comunismo ateo, puyas que los feligreses escuchaban con cara solícita, mientras por sus mentes revivía una vieja historia de muertes y contrabando, síntesis correcta de la guerra y la posguerra civil.

Cuando mosén Cardús se enteró de que había llegado al pueblo un extraño ser de tipo urbano y que había comprado en Can Tusquets tres bacalaos secos, medio kilo de jamón y otras cantidades poco comunes, se sintió vagamente inquieto. Conocía a todos sus feligreses, practicantes o no, e incluso a los veraneantes, la mayoría seres urbanos dejados de la mano de Dios, importadores del *short* y de los baños en el río con trajes de baño mínimos. Pero aquel forastero era algo completamente nuevo. Acostumbrado al estilo directo, se encaminó una mañana hacia la casa de la Señorita y sorprendió al profesor Dardé comprobando el empalme eléctrico. El profesor Dardé no le besó la mano, pero le invitó a pasar y el cura no vio nada extraño en aquella vieja cuadra que Dardé había adaptado como sala de estar. Por el resquicio de una puerta entreabierta, mosén Cardús vio extraños armarios metálicos llenos de correajes y pequeñas lucecitas azules en la penumbra. Pero nada preguntó al poco locuaz Dardé, que se limitó a pedirle datos sobre la antigüedad de la iglesia del pueblo.

—Yo antes era un apasionado del románico.

Informó Dardé.

—Antes había gente y tiempo para todo.

El cura removió un montón de discos y se sintió lejanamente aludido por el nombre de Haendel.

—¿Le gusta la música de iglesia?

—La música sacra es una maravilla del espíritu.

Y Dardé le enseñó al cura un disco que aseguró era un fuera de serie. Una grabación especial de unos franciscanos de Jerusalén. El cura supo poco después que Dardé era un físico que había trabajado y estudiado muchos años en Inglaterra y Estados Unidos.

—¿Es usted catalán?

—Mi madre era catalana.

—Es que tiene usted una cara muy catalana. ¿Y cómo está eso de la física por esos mundos de Dios?

Dardé sonrió y no le contestó. Mosén Cardús pretendió informarle sobre el nulo desarrollo de la física en España.

—Aquí, futbolistas, ¿sabe? Futbolistas y mangantes. Y nada más.

Pero como vio que Dardé no parecía halagado, se despidió y se le ofreció para lo que necesitase, incluso si quería que le subiera algo del pueblo. Mosén Cardús se había comprado un Citroën dos caballos con la pequeña herencia de una tía, viuda sin hijos de un carlista que no había luchado en ninguna guerra carlista, pero que aseguraba poseer un huesecito de Vázquez Mella. El coche había dado mucho que hablar en el pueblo.

Dardé había llegado al pueblo en el momento más propicio de su historia. Por una parte los veraneantes y por otra el peonaje de la reconstrucción de la carretera de Olot, daban vida al comercio, básicamente alimenticio. Pero el hecho fundamental era la esperada apertura del paso fronterizo de Coll d'Ares. El pueblo estaba cortado en dos por la carretera y se presagiaba una abundante cosecha de turistas, consumidores de embutidos de la región, gorros de paja y cerámica. No habían faltado iniciativas empresariales: incluso un fastuoso proyecto de construcción de un hotel con piscina que mosén Cardús boicoteó con todas sus fuerzas. Todo era posible en los años futuros. Subieron los precios de los terrenos marginales de la carretera, y Quimet, un payés sesentón y con arteriosclerosis, vendió su patatal a unos hermanos mecánicos de Gerona que pensaban construir en él una estación de servicio.

Los vientos de renovación habían traído televisores, quince o veinte motocicletas repartidas entre jóvenes artesanos del pueblo y dos coches utilitarios a hijos preclaros, practicantes del pluriempleo y del ahorro. Cinco chiquillos del pueblo se aprestaban a iniciar el ingreso de Bachillerato, y uno había aprobado brillantemente la reválida de cuarto, firmemente asesorado por su padre, un inmigrante murciano, capataz en la fábrica de tintes.

La fábrica de tintes había sido otro acontecimiento. Cada mañana una hilera de muchachas y hombres azules desafiaban la helor y la neblina y se introducían por la puerta metálica de una fábrica funcional. Resucitaban hacia el mediodía, junto a los álamos de la carretera, algunos sentados sobre pilones de troncos puestos a secar, decididamente aferrados a sus tarteras que olían invariablemente a tortilla, tocino y cebolla en vinagre. Las chicas del pueblo habían ganado una pequeña victoria feminista contra sus familias y habían cambiado la esclavitud gratuita de la limpieza y el corte y confección por la esclavitud pagada del trabajo fabril en serie.

Todos estos factores alteraban el ritmo de la vida, incluso un poco las costumbres, inamovibles desde los tiempos de la leyenda del Mariner hasta la guerra. La leyenda del Mariner figura hoy todavía en todos los libros de rondallas catalanas y cuenta el azaroso viaje de un marino en busca de tierras donde los hombres ignorasen todo cuanto guardara relación con el mar. El marino había visto perecer a su familia en una galerna del litoral catalán y, provisto de un remo, se fue adentrando por el norte de Gerona. Preguntaba a la payesía si sabían qué era lo que llevaba en la mano. Cuando le decían que era un remo se alejaba, triste.

Pero un día llegó al antiquísimo pueblo y preguntó a unos pastores lo de costumbre:

—Parece una pala de horno.

Y allí se quedó el marinero. Nadie sabe si la leyenda responde a una historia real; pero, a media altura de la colina que domina el pueblo, aún se alza la casa pairal de Can Mariner, con regusto de fortaleza medieval y color de masía típica. Pastores, campesinos, carpinteros, el pueblo había vivido así durante siglos y se disputaba con San Juan de las Abadesas si la vaca que había agredido a la esposa de Maragall y que había originado el poema *La vaca çega,* era una vaca del lugar o de San Juan, aunque en la actualidad los eruditos se inclinan por San Juan.

Nada de esto debía saber entonces Dardé, y pese a los años transcurridos y las clarificaciones operadas sobre su figura y su obra, todavía hoy no se sabe con certeza por qué eligió este pueblo para su extraña aventura. Lo cierto es que, pese a lo propicio del momento, Dardé se convirtió en el exclusivo centro de interés, incrementado con motivo de su segunda visita al pueblo: un 27 de julio de 1964.

La chica de Can Tusquets se puso nerviosa. Dardé le devolvió una lata de *foie-gras* sobrante.

—No estoy acostumbrada. Vendemos poco de eso aquí.

Dardé parecía un objeto más puesto a la venta entre aquella confusión mercantil. Bosques de bacalaos de perlina salazón, hinchados jamones, gorros de baño, rollos de papel higiénico con elefantes en celofán, alpargatas de esparto y cintas, barriles llenos de aceitunas y polvo sobre el agua avinagrada, abrillantadores de metales, escobas, raticidas, novelistas del Far West, carteles anunciadores de la actuación de Francisco Heredero en la Fiesta Mayor de Olot, banderines con las cuatro barras de Cataluña y cabezas gordezuelas de la Virgen de Montserrat, detergentes, bragas de nailon de casi todos los tamaños... y Dardé. El profesor parecía un caro objeto de importación, un lujo exhibido como un indio de cualquier India o un hombre loco de Yorkshire. En nada se parecía a las señoras veraneantes que entraban en la tienda pretextando necesitar latas de espárragos o de pasta de anchoa, ni a las mujeres del pueblo que pedían dos huevos y los dejaban a cuenta. Pero es que tampoco se parecía en nada a los hombres que charlaban en la acera y miraban de reojo hacia la tienda de Can Tusquets.

Dardé vestía la acostumbrada zamarra y el pantalón de pana, pese al calor. Era un ser sin sudor. Parecía recién salido de un baño de agua destilada y su cabello gris cortado casi al cero pinchaba la oscuridad de las bóvedas de la tienda, acolchadas con telarañas y momias de moscas calcificadas. Sus gestos no tenían ninguna relación con la realidad. Habría podido decirse de él que no *funcionaba.* Por ejemplo: cogía las papelinas entre un codo y el costado y con la mano correspondiente a aquel lateral se centraba una y otra vez los lentes sobre el hueso de la nariz. Miraba a la hija de Can Tusquets o al anciano Tusquets, que dormía con un ojo abierto y removiéndose inquieto, en un desvencijado sillón de mimbre, con el mismo interés amable con que investigaba el origen de una lata de sardinas o intentaba calibrar la antigüedad y el grado de curación de un jamón. Tampoco respondía al máximo tipo de matización psicológica para el que estaba capacitada la gente del pueblo, es decir, no era un tímido, porque cogía los objetos con una total conciencia de posesión. Para decirlo gráficamente, cuando apretaba el puño sobre una patata, por aquel mero gesto dejaba bien sentado que la patata era suya, aunque, y es preciso indicarlo, tomaba posesión de ella sin pasión y sin afecto.

Tuvo una curiosa intervención a propósito del delantal que lucía la hija de Can Tusquets, un delantal blanquísimo y de apariencia muy tiesa.

—¿Es de pasta?

La voz de Dardé salió insegura tras el prolongado silencio.

—¿Qué?

—Eso que lleva usted puesto, ¿es de pasta?

—No, es tela almidonada.

—¿Almidonada? ¡Qué interesante!

Y se acercó al delantal. Agachó la cabeza y sus lentes se aproximaron al escote de la muchacha. El abuelo Tusquets se removió inquieto, pero ella no impidió que Dardé pasara la yema de un dedo por la pechera. La muchacha dio un saltito hacia atrás y el abuelo, en su intento de ponerse de pie, por poco se cae. Los hombres de la acera dieron un mecánico paso hacia la tienda, y una compradora en espera sintió cómo se le deslizaba inquieta toda la ropa interior.

Dardé se retiró, pero siguió observando ensimismado el delantal.

—Pasta... Metal... Mármol... La apariencia de la materia...

Sonrió a la asombrada muchacha y recalcó con énfasis:

—¡La soledad de la materia!

Aquella tarde llovió y la lluvia en el pueblo era un espectáculo digno de presenciar, parapetado tras los cristales de algún ventanal. Es una lluvia blanca, que trae olores a origen del mundo, a naturaleza total, a primitivo. Se forman ríos por las callejas y regueros torrentosos por cualquier pendiente, larga o corta, y la piedra casi negra de las fachadas reluce sin mucha ostentación y evoca el calor y el silencio de los interiores. Un silencio total se aposenta bajo la lluvia en todo el circo de montañas y sube el color del verde como una efervescencia. Dardé vio caer la lluvia desde la cristalera del bar de la plaza del Centro, y su bonito bolígrafo negro iba anotando cifras y palabras en un bloque de hojas cuadriculadas y tapas de plástico negro. Había pedido un whisky, y Luis el propietario, consiguió encontrar un Johnny Walker de antes de la guerra, lleno de polvo y mierda de mosca. En la mesa vecina jugaban una partida de subastado el sargento de la Guardia Civil, el maestro, un veterinario que había bajado de Camprodón para echar un vistazo a los cerdos de Torregrosa, y el carpintero de la carretera de Camprodón. Los cuatro jugadores hablaban en voz alta, como invitando a Dardé a terciar. Dardé pidió otro whisky y, finalmente, le dijo a Luis que le dejara la botella. El guardia civil hizo un gesto con el antebrazo que igual podía representar en argot mímico el acto de la fornicación o el de pegarse un «latigazo» de tinto, pero nunca de whisky Johnny Walker. El veterinario guiñó el ojo y se volvió a Dardé.

—¿Está bueno?

Dardé sonrió. El carpintero intentó colocarse a un nivel científico.

—Va bien para la circulación.

—¿Cómo dice?

—Que va bien para el corazón, ¿no?

El carpintero miró a Dardé un poco apurado.

—Según.

—Bueno, claro. Muy bien dicho. Según.

Apoyó el guardia civil:

—Yo no he dicho que le vaya bien a todo el mundo. Se defendió el carpintero. Añadió:

—Pero usted parece fuerte... Le va bien.

Dardé sonrió.

—Me han dicho que es mejor que el coñac. El coñac me produce acidez.

Informó el carpintero. Colocó sus piernas hacia Dardé, dispuesto a que no se le escapara el interlocutor.

—¿Es usted médico?

—El señor es físico.

Dijo el maestro con voz rotunda, y miró a Dardé con seguridad. Dardé volvía a mirar la lluvia y escribió algo en el cuadernillo. Entraron dos niños en el bar y pidieron un litro de vino. Después fueron llegando uno a uno los peones de la carretera de Olot. Traían las chaquetas empapadas, se las quitaron y las dejaron sobre el respaldo de las sillas. Se sentaban sin formar grupos y parecían cansados. Uno se entretuvo mirando un momento el periódico, arrancó un pedazo y empezó a limpiarse el barro de las botas. Luis le gritó:

—Podías hacerlo con una piedra.

El «jaenero» levantó sus ojos enrojecidos de anciano, miró a Luis y después a dos o tres de sus compañeros. Sonrió. Cabeceó y pidió:

—Ponme una *barrecha.*

Dardé observó distraído cómo se mezclaban en la copita de vidrio grueso la cazalla y el moscatel y durante algún tiempo contempló al jaenero con una cierta dedicación. Después se levantó y se llevó lo que quedaba de la botella de whisky, pero al pasar por el mostrador pidió dos botellas: una de cazalla y otra de moscatel. Salió del local con las tres botellas y el bar se llenó de rumores a su espalda, mientras él caminaba ágilmente sobre el barro hacia su jeep: una bestia gris húmeda y que parecía muerta.

Los veraneantes no respondían a un tipo común, aunque tenían una base social prácticamente común: pequeña burguesía catalana, amante del campo y de las tostadas con ajoaceite. Sumaban en total unos veinte o veinticinco, y la mayoría venían cada verano desde hacía años. El decano era un almacenista cuarentón que había conocido el pueblo durante la retirada republicana y cruzado el Coll d'Ares después de haber despeñado un Hispano-Suiza y enterrado una pistola y el libro *Teoría del Estado y la Revolución,* de Lenin. El almacenista realizaba frecuentes visitas románticas al Coll d'Ares y señalaba sin equivocarse el lugar del despeñamiento del coche. Algunas veces volvía del Coll d'Ares con puñados de cartuchos que aún se encontraban entre las malezas. Con frecuencia llevaba a sus invitados a Camprodón, donde les enseñaba la casa donde había morado uno de los últimos gabinetes ministeriales republicanos en plena retirada. Sobre la casa parecía pesar una maldición. El jardín era reino exclusivo de maleza, hierbas bordes y arenilla que goteaba de la fachada después de cada lluvia. Los cristales rotos eran la estampa misma del frío y era difícil imaginar los días mejores de aquella casa, sus inútiles mástiles para una bandera en huida. El almacenista deambulaba por los alrededores de la casa histórica, asistía al baile de sardanas en la cercana plaza de Albéniz o al juego de la petanca de los turistas franceses en cualquier rincón y volvía melancólico al pueblo, donde buscaba una oreja propicia para su descripción del Lenin de la portada de *Teoría del Estado y la Revolución.* Era un Lenin retocado, como en los cuadros y grabados románticos, de ojos incisivos y brillantes, con gorra de hule y una mano en el bolsillo, coloquial pero dirigente. El almacenista se hacía contar historias de *maquis* por los payeses, historias en su mayoría tradicionales, con temas comunes e historias de bandidos de la posguerra de independencia contra los franceses o de las sucesivas guerras carlistas.

—Precisamente en la casa de la Señorita se presentaron una vez unos del maquis y pidieron dinero al padre de la Señorita. El padre de la Señorita era un viejo propietario que se había ido arruinando y que tenía enferma a su única hija. Así se lo contó al jefe del maquis. En el maquis iba un estudiante de Medicina que había dejado la carrera en 1936. Reconoció a la Señorita y dijo que era verdad, que estaba tísica. El jefe del maquis le dio dos mil pesetas al padre de la Señorita, ¡dos mil pesetas! Imagínese esa cantidad en 1945. En cambio, volvió a pasar el maquis después y en una masía cercana al Sitjar mataron al masovero y a su hijo porque habían denunciado a un compañero fugitivo... ¡Vaya tiempos!

—¿Por qué le llaman «la casa de la Señorita»?

—Era una chica muy inteligente. Fue maestra del pueblo después de la guerra y los niños la llamaban «la Señorita». Después se puso enferma. La cuidaba su padre y una tía. Murió el padre y quedaron solas las dos mujeres. Poco tiempo después se marcharon a Barcelona, donde un pariente había encontrado una plaza en un hospital. Allí murió. Y la gente siguió diciendo «la casa de la Señorita».

El almacenista siempre habla con la gente del pueblo. No es extraño encontrarle acodado en la mesa de mármol del bar leyendo el periódico o siguiendo las vicisitudes del juego. Se saluda fríamente con el cura y siempre hace comentarios sarcásticos ante los programas de televisión. En cambio, se cruza amables saludos con el sargento de la Guardia Civil e incluso conversan sobre la carrera espacial o sobre cómo se prepara la temporada de setas.

—Puede ser un buen año: lluvia y sol, lluvia y sol.

El guardia civil cabecea.

—Mucha lluvia, mucha lluvia.

Ambos dirigen su vista a la ventana y el guardia civil pregunta:

—¿Qué le parece a usted ese forastero?

—¿El profesor?

—Sí.

—Me parece un nazi.

El sargento de la Guardia Civil sonríe, pero regresa su atención exclusivamente al juego.

—Puede ser un buen año de setas.

Dice, como hablando para sí.

Decidió meterse en la Guardia Civil un día en que estaba haciendo un pozo en la casa de su padre, en Pacios (provincia de Lugo). No estaban muy bien las relaciones entre padre e hijo y, por mala leche o azar, el padre tiró unas cuantas piedras y tierra al pozo mientras el hijo estaba dentro. Subió el mozo cabreado como un macho cabrío y se lió a puñadas con el autor de sus días. Al día siguiente escribió a un tío suyo de Barcelona, y cinco días después estaba en la estación del Norte con una maleta de madera atada con cuerdas, una docena de chorizos y un lacón que le había dado su madre para ayudarse en las comidas y obsequiar un poco al pariente. Al calor de dos botellas de Ribeiro negro que le había dado su padre con lágrimas en los ojos, último rapto de amor paternal en la estación, tío y sobrino prepararon la jugada de ingreso en la academia de la Guardia Civil de Sabadell. Eran los años de la Exposición Universal de Barcelona y la ciudad se había llenado de inmigrantes. El muchacho se sentía a gusto alternando el cuartel con los permisos en casa de su tío, aunque no pasaba por alto el asco con que su tía, catalana, apartaba de la cercanía de las narices el uniforme con ese tufillo característico que todavía no ha tenido un adecuado definidor literario.

Cuando se proclamó la República, Rufino Vázquez Amado pidió un destino en Palas de Rey (provincia de Lugo) y así pudo ver bien morir a su madre y envejecer como un leño a su padre, reumático y amargado. Hizo la guerra con los nacionales y al acabar estuvo tentado de marcharse al frente ruso con la División Azul. Mientras lo pensaba y repensaba, con los pros y contras galaicos, pidió destino en Barcelona y fue a parar a un puesto de Lérida. Se pegó sus buenos tiros con los maquis y se casó con una modista catalana de Sort, con la que tuvo tres hijos: dos chicas y un chico. Fue destinado como sargento al pueblo hacia 1950 y allí permanecía pegado al paisaje donde había enterrado al padre que había cruzado la península para morir en un primer piso de la plaza del Centro, frente a la carretera de Francia, que el hijo observaba cada día, en una mecánica sin propósitos.

Pronto jubilarían a Rufino y sentía una punzada en el corazón cada vez que imaginaba su futuro como bedel del Instituto de Enseñanza Media o portero de casa de postín. En sus diarias caminatas por el lugar había llegado a cobrar apego a todo aquello e incluso había llegado a sentirse algo autóctono, contestando en catalán a los saludos de los payeses. Era muy consciente de su responsabilidad y alardeaba de que pocos puestos de la Guardia Civil tenían las cosas tan a punto como el que regentaba Rufino Vázquez Amado. Por eso, cuando llegó Dardé, Rufino envió un memorándum concreto a la Jefatura de Barcelona para que le enviasen informes sobre el forastero.

Los informes tardaron una semana. Rufino los leyó siete u ocho veces y los guardó en una caja de madera, una caja de labor con cerradura en la que su madre le había metido la docena de chorizos con la que llegó a Barcelona. A nadie dijo nada sobre los informes. Pero de vez en cuando le gustaba demostrar que estaba más enterado que los demás sobre J. W. Dardé; y un día en que encontró al profesor en la vaguada recorrida por la antigua carretera romana, Rufino se llevó la mano al tricornio como si saludase a una autoridad. Su pareja, un muchacho de León recién salido de la academia, miró a Dardé con respeto porque sabía que el sargento no saludaba así a tontas y a locas y contó en el café lo que había visto. Dos horas después circulaban por el pueblo rumores encontrados: el más fuerte era el de que Dardé era un pez gordo de Madrid que estaba vigilando porque se temía que los maquis volvieran a entrar en España.

Rufino Vázquez Amado abrigaba una secreta esperanza: un colofón activo, dramático para su carrera. Por los informes deducía que Dardé podía ser el instrumento y, traicionando vergonzosamente la intimidad de un sargento de la Guardia Civil, podemos informar de que Rufino aspiraba a que se crearan las condiciones precisas para que la plaza del Centro concretase su nombre y perpetuara el de «Plaza de Rufino Vázquez Amado. Pacios (Lugo), 14 de junio de 1905. Madrid...»

Los camiones reptaron por la carretera de Olot y desaparecieron coleando por la curva que la carretera finge cuando llega a la iglesia, y la finge porque inmediatamente recupera una línea recta empinada y se dirige con decisión a «la casa de la Señorita». Nadie dejó de imaginar que aquellos camiones llevaban algo al profesor Dardé, y los hermanos Calgrós lo confirmaron. Los hermanos Calgrós estaban arando junto a Can Mariner y vieron la lenta procesión de los camiones plateados.

Se detuvieron ante la casa de la Señorita, donde ya les esperaba Dardé, y unos diez mozos estuvieron descargando pesadas cajas de madera durante toda la mañana. Distraído en la contemplación de la descarga, Quim de Calgrós permitió que el caballo atravesara el margen y cayera por un desmonte clavándose una punta del arado en el anca. Uno de sus sobrinos bajó al pueblo con el animal y los hermanos Calgrós y el hijo de Quim quedaron indecisos, sin saber qué hacer.

—Y ahora, ¿qué?

Increpó Pep a su hermano. Quim pensó, pues era sabida su facultad de pensar, y tras unos minutos se puso en pie y dispuso el arado como para continuar la labranza. Después lanzó un gruñido a su hermano para que se situara junto a él y los dos hermanos se cruzaron el pecho con el cinto de cuero. Quim dijo a su hijo que guiara el arado desde atrás y el chico empuñó el mango con decisión. Los dos hombres lanzaron el pecho hacia delante y sus lenguas tiesas y amarillas asomaron como un señalador automático de esfuerzos mecánicos. La cuchilla del arado reventó raicillas y en su desliz empujó a los hermanos hacía delante. Y así un surco, dos, tres, cuatro. El muchacho trató primero con sumo respeto a su padre y a su tío. Pero la perfección de la maniobra debió encantarle como en un juego mágico y primero lanzó voces de ánimo, después algún que otro insulto, y acabó clavando el aguijón en el culo de su padre. No protestó el hombre, sino que, estimulado, tuvo una potente arrancada que su hermano apenas sí pudo seguir. Consciente el muchacho de que no había coordinación entre las bestias de tiro, pinchó con saña el culo de su tío y de este modo fueron las cosas como Dios manda, se sucedieron los surcos y los últimos compensaron la lentitud del ritmo de los animales, cansados, con una perfección formal algo melancólica: existencial. El muchacho dio dos palmaditas cariñosas en la espalda de su padre. Quim de Calgrós cabeceó como disculpándose.

El muchacho fue el primero en descender hacia el pueblo. Al llegar al bosque de los Robles, bajo la iglesia, vio cómo jugaban al fútbol un grupo de chicos de su edad. Tomeu Vendrell y Tancio (Constancio) se entendían muy bien por su ala. Tancio era un estupendo interior lanzador y Tomeu una bala que corría como Gento. «¡Gento! ¡Gento!», le gritaban los otros chicos, y él movía las piernas como una bicicleta, hacía caer a los defensas, saltaba sobre las puntas de los pies dispuestos a taladrarle la pantorrilla. Cuando Tomeu Vendrell llegaba a la línea de fondo, su pie derecho quedaba clavado en el suelo como un tronco y su pie izquierdo se curvaba para lanzar un centro sobre la portería; entonces era cuando se necesitaba la machacante corpulencia del chico de Quim de Calgrós. Saltaba como un saco lleno de cantos rodados y su cabeza escupía la pelota contra la portería. Al caer, no faltaba víctima que quedara con su estómago blando a la espera de las rodillas del Calgrós.

Tomeu Vendrell, Tancio y el chico de Quim de Calgrós dejaron el juego y se fueron a coger moras en los zarzales del camino de Can Mariné.

—¿Has visto los camiones?

Tomeu Vendrell dijo que no, pero Tancio dijo que sí.

—Eran muy grandes, ¿no?

—Eran de hierro, me han dicho.

—No, hombre, no, eso no puede ser —dijo Tancio, el estudiante más adelantado del pueblo: acababa de pasar la reválida de cuarto curso de Bachillerato.

—Ningún camión está forrado de hierro. En todo caso, de plancha...

—Ya salió el Espasa.

—Desde ahí arriba parecían brillantes.

—Brillaban.

—Mi padre y mi tío quieren comprar un camión y un tractor.

—¿Un camión?

—Así yo me sacaré el carnet de conducir y me dedicaré al transporte. Claro, que primero tengo que hacer la «mili».

Tancio nunca terciaba en conversaciones de este tipo. Por el pueblo corría la voz de que Tancio escribía poemas, y su madre tuvo que defenderle una vez en la carnicería de aquel rumor. Los padres de Tancio habían llegado al pueblo cuando se inauguró la fábrica de tintes. El padre era el encargado y la madre jefe de sección del departamento de chicas. Todos los muchachos de trece a dieciocho años de edad buscaban la compañía de Tancio, y él, aunque no la rechazaba, tampoco participaba de lleno en las preocupaciones de los demás.

—Tú como serás abogado...

Tancio escuchaba y callaba. Era un adolescente sensible.

No hace mucho, releyendo viejas revistas de la época en que transcurrieron los misteriosos hechos que se sucedieron en torno a la llegada de J. W. Dardé, encontré un artículo científico sobre la pubertad, escrito por un divulgador inglés: «El vello en las axilas aparece en seguida, como también el bozo sobre los labios, que se sitúa primero en los ángulos de la boca y progresa hacia el centro antes de convertirse en bigote; más tarde aparece en el mentón y después en el pecho, cuando lo hay.» El artículo se extiende después en una serie de consideraciones sobre el trasunto psíquico de estas nuevas realidades físicas: el adolescente quiere ratificar su personalidad, conquistar la libertad. La adolescencia sensible de Tancio es un factor importante en la historia que cuento, y se lo confieso al lector consciente de que falto a todas las reglas de la novela moderna, que ha prohibido el diálogo entre el novelista y el público. Pero está muy lejos de mi intención el escribir una novela. Sólo pretendo testificar en la crónica sentimental de una época y un sucedido que tuvo enorme trascendencia en la historia de estos lugares. El mío es un realismo comarcal.

A Tancio le había salido el bigote y había leído a Bécquer casi al mismo tiempo: el primer semestre de 1965. Fruto de estas anomalías fueron sus primeros poemas cortos, cortísimos...

QUIÉN SE ACORDARÁ

Del lento quejido que un pecho lloroso
en pálidas sombras deja escapar.
Del leve chispeo de los candelabros
que de ayes parecen querernos hablar.
Del triste murmullo de voces que rezan
que ruegan al cielo con gran ansiedad.
¿Quién se acordará?

LA FE

Te busqué en montes de cumbre bravía
Te busqué en las noches de claro soñar
Te busqué por tierra, cielo y mar
Te busqué en mi alma y en mi vida
Y no te ENCONTRÉ.

DESPERTAR

El cielo azul esconde en su espesura
el tono áureo de un nuevo amanecer;
y el rojo disco colmado de hermosura
entre las sombras empieza a emerger;
y las tinieblas, henchidas de extrañeza,
recuerdos vagos de un feliz soñar,
huyen ligeras antes de despertar
dejando el alma repleta de tristeza.

Estos poemas le concedieron audiencia en casa del maestro, cuya esposa también había escrito poemas místicos en su juventud, antes de casarse y quedar estéril (se decía que después de un alumbramiento fallido). Doña Luz se sintió conmovida por el desgarro interior del adolescente y le prohijó intelectualmente. Doña Luz había nacido con la guerra civil y pertenecía casi a la prehistoria sentimental de la Humanidad. Era una romántica del Neardenthal que se sentía desplazada en pleno romanticismo agrícola-atómico. Tancio entró en contacto con la poesía española del Renacimiento a través de doña Luz, y soñó maravillado aquellos versos agresivos del notable Garcilaso...

Do la columna que el dorado pecho
con presunción graciosa sostenta...

Y así, doña Luz y Tancio recorrieron los más apacibles lugares de los alrededores del pueblo hablando de poesía y experiencias místicas. Doña Luz estaba preocupada por el problema del dolor y Tancio por el del futuro. «El tiempo es dolor», decía doña Luz. «El tiempo es trabajo, esfuerzo, superación», decía el padre de Tancio, un murciano emigrado que había sido camarero en Cuba, soldado en España, obrero industrial en Barcelona y que había ofrecido a su hijo las maravillas de una redención burocrática.

—Estudias cuatro años de Bachillerato. Después te compro libros de contabilidad y a una oficina. Esos sí que se los ganan descansados.

Y desde hacía años Tancio era vagamente consciente de que saber de memoria la lista de los reyes godos y las declinaciones latinas, era algo así como poseer un salvoconducto *sine die,* una eterna garantía y virtud.

Pero ahora la adolescencia, la pubertad, Bécquer, doña Luz, complicaban sus categorías mentales y sus deseos y hacían misterioso su futuro, imprevisible su camino.

Y, de pronto, Dardé. Dardé en la lejana casa de la carretera de Olot. Un elemento más en los sueños de Tancio. El más frecuente: el rapto de Proserpina por Plutón, maldito *in aeternum* por la desesperada suegra Ceres, paradójicamente patrona de la abundancia.

El gobernador de Gerona había declarado la carretera de Olot «una obra de nuestra inmediata dedicación». La obra fue otorgada mediante subasta a una empresa constructora de Vitoria, y empezaron a llegar al pueblo castellanos en general y «jaeneros»: algunos jóvenes, los más viejos y envueltos en un aire hosco y escéptico que contrastaba con la curiosidad grave de los catalanes. Los «jaeneros» alquilaron habitaciones en casas del pueblo, unos cuantos montaron un barracón de uralita en las afueras. Se les veía regresar al anochecer, sucios y lentos. Se metían entonces en la taberna de la calleja que baja hacia el puente sobre el río. Era una taberna para castellanos, cuyos propietarios constituían la unidad nacional: él, gallego, y ella catalana. Pero algunos «jaeneros», los más viejos, no estaban a gusto entre aquel bullicio crepuscular, a veces lleno de alaridos de guitarra y vozarrones de jota. Los «jaeneros» más viejos iban al bar de la plaza del Centro, sereno, patricial. Procuraban no estorbar y apenas sí intervenían en las conversaciones y juegos. Cuando se iluminaba el aparato de televisión, sus ojos se llenaban de una luz negra, tal vez alegre, y permanecían horas y horas sorbiendo la retícula de la pantalla. Hablaban entre sí con monosílabos y parecían envueltos de esa sustancia espesa que va formando la soledad, una sustancia de apariencia calcárea, de piel curtida en jergones de paja, en casetas de madera deslucida que han recibido todos los vientos y las lluvias de España. Los peones de Obras Públicas tienen un algo de monjes resignados y agrios, incluso una histeria de monje que llega a imaginar el mundo tan pequeño como el perímetro que configuran los tapiales de su convento. El mundo de los peones de Obras Públicas es lineal y áspero: como las carreteras y el hormigón, la grava y el alquitrán, las vagonetas de hierro oxidado. Olían a polvo y a cansancio y las mesas que les rodeaban estaban vedadas a los olfatos más finos.

Los viejos «jaeneros» sólo hablaban en ocasiones contadas, y su voz tenía entonces el tono duro y poco coloquial del que no ha acostumbrado la lengua al noble deporte de la conversación. Por eso sorprendió que aquella noche el viejo Juan de Dios Larios Pérez, nada más sentarse en la silla, pidiera una *barrecha* y, con los ojos, buscara conversación en el almacenista y el ex alcalde.

—Ese tío, el sabio... Hay cosas muy raras.

El almacenista y el ex alcalde superaron la sorpresa inicial y bajaron sus cabezas para oír al «jaenero».

—Vive alguien con el sabio. Yo lo he visto.

Las sillas se arrastraron y se adhirieron a la mesa del «jaenero».

—Por lo menos en la casa hay otras dos personas... ¡Las he visto yo! Dos tíos gordos que han pasado delante de la ventana. Yo estaba echando grava con el capazo y me he agachado detrás de unas zarzas. Los dos, me parece que eran hombres, se movían por la habitación sin ton ni son. Me parece que incluso han chocado.

El «jaenero» se tragó otra *barrecha* y contempló interrogante a sus escuchas. Se pasó una mano por los pellejos arrugados de sus mejillas y, al removerlos, se le agrandó el círculo de los ojos adornado con un sinfín de canalillos rojos.

—Yo he visto muchas cosas, ¿saben ustedes? Pero ese tío es un fuera de serie. Y si lo vieran pasar por la carretera en el jeep, aunque vea que uno de nosotros está agachado, trabajando, vamos..., pues no se para. Te has de echar a la cuneta para que pase el señor. Me parece que el ingeniero va a protestar al alcalde. No hay derecho. Un día de éstos ese tío se lleva por delante a uno de nosotros. O si no te da un golpe y te deja en el sitio o baldao. A mí, a mis años, un golpe... No sirvo ya para nada.

—Y esos hombres que usted ha visto, ¿eran viejos o jóvenes?

—Pues mire usted que ahora no sé decírselo. Lo que me ha parecido era que vestían igual. Como si llevaran uniforme.

La mujer del alcalde hizo pasar al ingeniero a una salita llena de cortinas de cretona que daba al patio de una serrería. Le ofreció alguna bebida y el ingeniero pidió una palomita de anís. Preguntó a la señora si había estado en Chinchón, pues la botella era de anís de Chinchón, y la mujer le contestó en el mejor castellano que pudo componer que sólo había estado en Gerona y Barcelona, que su marido le prometía siempre un viaje a Andorra a buscar duralex, pero el viaje no se hacía nunca. Llegó el alcalde y también se tomó una palomita. El ingeniero tuvo que engullir unas cuantas galletas de coco y aceptó complacido la invitación de volver el domingo a comer caracoles guisados por la alcaldesa, una de las primeras cocineras de la comarca.

—Pues usted dirá.

—Mire, yo venía por lo del hombre ese de la carretera, el sabio, o como se llame. Primero yo quería decírselo al sargento de la Guardia Civil, pero me ha parecido un paso demasiado grave. Yo quisiera que usted hiciera primero... algo..., no sé... a ver si se nos ocurre.

—¿De qué se trata?

—Pues verá. El señor Dardé pasa por la carretera a toda velocidad, ni toca la bocina ni reduce la velocidad cuando cruza alguna zona en la que trabajan mis hombres. Él pasa como si tal cosa. Y un día me va a pillar a uno de los viejos. Algunos tienen hasta setenta años.

—¡Pobrecitos!

Exclamó la alcaldesa.

—Pues no los compadezca, señora, que al destajo rinden como el que más y se ganan sus buenos duros.

—¡Pobrecitos! Tan viejecitos y en lugar de vivir en familia...

—Son así, señora. De jóvenes fueron culos, y usted perdone, de mal asiento. Les gustaba la independencia. Muchos están casados y envían a la mujer cada semana buena parte de la semanada. Pero eran culos de mal asiento, lo que digo.

—Siga usted, por favor. Mi mujer es una blanda.

—No diga usted eso. La señora tiene buen corazón y eso está bien para una mujer.

La alcaldesa se sintió muy femenina y cortó con malicia:

—Y los hombres duros que duros.

—¡Hombre! Yo no digo eso. ¡Qué bien se defiende su señora!

—Ya, ya... si ya lo sé.

—Bueno, pues me he dicho: «Se lo digo al alcalde y que él le diga algo por las buenas al señor Dardé.» También podía ir yo a decírselo. Pero, primero... ¿Usted no se cree el más indicado?

—Pues tal vez tenga usted razón.

—No, sin violencias. Se dice que ese señor tiene mucha mano izquierda. Que es un pez gordo de Madrid. En fin, ya sabe usted... Sólo debe de ser verdad a medias.

—La carretera ante todo. Mire. el otro día estuve en Gerona en una reunión de alcaldes. Estaban el presidente de la Diputación, el excelentísimo señor gobernador. Pues bien. El gobernador lo primero que me dijo fue: «¿Y esa carretera?» Y después, en voz alta, se dirigió a todos los presentes y dijo: «Le he prometido a este señor alcalde que la carretera de Olot la quiero inaugurar el 18 de julio de 1966 y he comprometido mi palabra delante de él, de ustedes e incluso delante de Su Excelencia el Generalísimo, al que conté todos los proyectos de la provincia en mi reciente audiencia. En fin, ya lo sabe usted, la carretera ante todo.»

El ingeniero precisó la hora de la comilona de caracoles.

—¿Y cómo los prepara usted? Mi madre los hacía hervidos, y luego los sazonaba con vinagre, aceite, sal, pimienta y ajillo.

—¿De dónde es usted?

—De Burgos.

—¡Oh!, pues yo los hago con hierbas, sobrasada, jamón... y guindilla.

—No diga usted más, señora.

El almacenista era un decidido partidario de la vida al aire libre. Por eso no sorprendió a su mujer cuando le encargó que estuviera dispuesta para una excursión por los alrededores durante el día siguiente. Los hijos fueron más difíciles de convencer. La hija mayor quería ir a bañarse a la piscina de Camprodón y consiguió su propósito. El hijo mayor pretextó que quería estudiar un poco y el pequeño tuvo que acompañar a sus padres. Cargaron la mochila con carne de cordero, una parrilla, pan, platos de plástico, ingredientes para hacer alioli y las cebollas más tiernas que pudieron encontrar.

—¿Por dónde vamos? ¿Vamos carretera de Olot hacia delante, hasta La Vall del Bac?

—¡Uy, no!, la gente diría que vamos para fisgonear en la casa del sabio.

—¿Pues entonces?

—¡Ahora no va a haber sitios para ir de excursión!

—Vamos al Sitjar.

El Sitjar es una posesión perdida en la montaña. Para llegar a ella debe andarse durante unas tres horas a través de bosques de hayas y abetos, pastizales y tierras peladas de antiquísimos glaciares. El almacenista escogió el camino que parte de los traseros de Can Mariner y se va remontando hasta llegar al circo de un glaciar más amplio. Junto al circo del glaciar hay una sima inexplorada que los campesinos han taponado casi totalmente con cemento. Por un camino descendente se llega entonces al Sitjar, aunque los excursionistas casi nunca lo siguen y se limitan a remontar la loma que se alza más allá de la sima del Sitjar, y desde allí contemplan las montañas del Cadí y del Canigó, generalmente nevadas.

Llegaron a los traseros del Mariner y subieron fácilmente a la explanada superior. Allí el almacenista dejó caer la mochila y quiso tomar un refrigerio.

—¿Ahora ya? Si acabamos de empezar...

Sin contestar, el hombre se acercó al borde de la explanada y descolgó los prismáticos. Miró a través de ellos y los dirigió hacia el pueblo primero. Luego, lentamente, con pretensiones de que el recorrido pasara inadvertido, los enfocó hacia la carretera de Olot, hacia la casa de la Señorita finalmente.

En el mismo instante, Dardé entraba en la casa. Volvió a salir con un cubo que parecía lleno porque colgaba de su brazo tenso. Dardé tiró el agua contra un abeto y volvió a meterse en la casa. Del interior salía una extraña luminosidad eléctrica. De pronto, la luz cesó y las ventanas enseñaron sus rectángulos negros, silenciosos. El almacenista avanzó por un sendero descendente, primero con timidez, luego resueltamente, y su mujer presenció sorprendida una especie de huida veloz hacia abajo, saltando de escalón del terreno en escalón hasta llegar a un pequeño llano. Volvió el almacenista a dirigir los prismáticos hacia la casa de la Señorita. Parecía rodeada y habitada por la más absoluta quietud. El almacenista se volvió airado hacia su hijo, que llegaba corriendo hasta él y le indicó con un dedo sobre los labios que no debía hacer ruido, como si Dardé, a un kilómetro de distancia, pudiera oírles.

Los prismáticos hurgaban con ansiedad todo cuanto rodeaba la casa. Se distrajeron un instante siguiendo a una motocicleta que se acercaba. Después volaron hacia las ventanas de las habitaciones superiores y bajaron a las de la planta baja. Y allí los prismáticos se quedaron fijos, pero no observantes, sino apresados. Bruscamente se alzaron y volvieron a clavarse en las ventanas superiores. El almacenista adelantó un paso, dos. Las manos sudadas se apretaron más fuertemente contra la pasta negra, como impidiendo cualquier posible movimiento.

Algo brillaba en el rectángulo negro de la habitación de la izquierda del piso superior. Y no era algo fijo, estático. Eran dos puntos luminosos en movimiento. Recorrían el rectángulo de la ventana y desaparecían, volvían a aparecer en dirección opuesta. Los prismáticos configuraron algo cúbico que respaldaba a aquellos puntos luminosos, una forma humana. ¡Dos ojos! Se debilitó la tensión de los brazos y descendieron los prismáticos. Lo suficiente como para ver la llegada de la motocicleta a la casa. Entonces se dio cuenta el almacenista de que era la moto del alcalde, y de que el hombre que descendía de la moto y saludaba con la mano a un Dardé tieso y firme en la puerta era el alcalde.

—Se trata de un asunto un poco delicado.

Dardé se levantó como para hacer algo, pero volvió a sentarse y contempló las sandalias del alcalde. El alcalde descruzó las piernas y metió los pies bajo la silla. Habló después con más decisión. Pero su voz se fue achicando al ir percibiendo un sordo rumor que provenía del piso superior. Dejó de hablar.

—Permítame.

Rompió el silencio la voz de Dardé. Se puso en pie y salió velozmente de la habitación. Se oyeron sus botazos sobre la escalera y después el ruido de una puerta al girar sobre sus goznes. Unos segundos después el rumor había cesado.

Dardé reapareció más serio que antes e indicó con un gesto al alcalde que prosiguiera.

—He recibido una queja contra usted...

Dardé cerró los ojos casi totalmente y se inclinó hacia delante, como para escuchar mejor lo que iba a decirle el alcalde.

—Bueno, contra usted, no, contra algo que hace usted.

El alcalde intentó sonreír, pero no pudo. De nuevo el extraño rumor procedente del piso superior. Dardé se puso en pie bruscamente y, sin decir nada, salió otra vez de la habitación. Tardó más en volver.

—Me han dicho que cuando pasa usted por la carretera en el jeep no reduce la velocidad, ni aunque vea a los trabajadores de la carretera en medio de su camino. Y un día puede producirse un accidente.

—¿Qué es un accidente?

La voz de Dardé sonó más metálica que de costumbre. Su rostro tenía una musculosa rigidez.

—En fin... que atropelle usted a alguien..., ya sabe...

Dardé volvió a mirar de nuevo las sandalias del alcalde, que estaban otra vez al descubierto. El alcalde las replegó en una precipitada retirada y buscó un tono de voz afable y despreocupado.

—Sólo con un poco de voluntad por su parte contribuiríamos a que la compañía constructora se sintiera aliviada.

—La tendré.

—Querría decirle... Ya sé que no se trata de nada grave. Usted va distraído.

—Yo nunca conduzco distraído. Conduciré más despacio, eso es todo. Adaptaré mi velocidad a los reflejos de los peones de la región. Eso es todo.

El alcalde se sorprendió de una tan larga parrafada y tardó en contestar.

—No, ésos no son de aquí. Ya sabe usted... peonaje... peonaje del Sur casi todo.

Suspiró el alcalde con resignación.

—¿Del sur de dónde?

El alcalde abrió los ojos hasta la desmesura. Aquellos ojos abiertos hasta la desmesura parecieron vibrar porque no podía proseguir su apertura. La niña de cada ojo se estrechó y se clavó puntiaguda en el rostro de Dardé, porque el rostro de Dardé había sufrido un cambio radical. Las cejas del profesor se habían curvado y parecían más delgadas, los ojos se habían abierto y querían asomarse por los laterales de los lentes, la nariz aplastada, las aletas dilatadas. Parecía como si toda la parte superior de la cara del profesor preparara racionalmente algo a realizar por la parte inferior. Y en efecto: con lentitud de siglos, la dura piel que rodeaba los labios empezó a desplazarse, a empujar los músculos de las mejillas hacia arriba, allí quedaron detenidos unos segundos y el movimiento continuado de ascensión provocó que se hincharan los carrillos, amontonados como lomas. Y en el centro de esta total conmoción se entreabrieron los labios de Dardé.

El profesor estaba sonriendo.

Doña Luz dejó cinco duros en el cepillo y se volvió radiante hacia el cura.

—Como cada mes.

—Dios se lo pague.

—Eso espero.

—¿Cómo van esos ánimos?

Los ojos de doña Luz se llenaron de lágrimas.

—Sólo me salva la resignación cristiana.

—Confía en Dios y Él te dará su fortaleza.

—La fortaleza de Dios, ¡ay, sí, padre! He sido débil tantas veces. Es el reproche que le hago a Dios. ¿Por qué me habrá hecho tan débil?

El cura no podía competir con la excelente labia de doña Luz a la que pretendía contrarrestar con alguna cita inexacta de san Pablo. Algo había de hacer para que aquella buena mujer no perdiera la cabeza. Últimamente parecía más serena, pero mosén Cardús aún no había podido olvidar aquella noche de febrero. Llegó el maestro a la iglesia tiritando de frío, asustado; casi arrastró al cura hacia su casa. Le hizo caminar con sigilo por las callejuelas que olían a cerdo y le metió en la casona que el Ayuntamiento cede al maestro del pueblo si está casado.

Doña Luz estaba sentada, semidesnuda, en un sillón de mimbre, y miraba fijamente hacia la puerta. Aquella mirada y la desnudez detuvieron a mosén Cardús.

—Dice que tiene el diablo en el cuerpo,

—¡Qué tontería! ¿Qué te pasa, hija mía? —dijo el cura sin moverse y dando unas palmaditas en la espalda del maestro, que sollozaba estruendosamente.

—El diablo. Me cosquillea en el estómago. Quedéme y olvidéme, el rostro recliné sobre el amado. Cesó todo y dejéme, dejando mi cuidado entre las azucenas olvidado.

Mosén Cardús pidió con los ojos explicaciones al marido. El maestro dijo algo con voz estrangulada y volvió a echarse a llorar. Doña Luz proseguía:

—Mi alma se ha empleado y todo mi caudal, en su servicio: ya no guardo ganado, ni ya tengo otro oficio, que ya sólo en amar es mi ejercicio.

Mosén Cardús respiró hondo y contestó:

—Miserable serás dondequiera que fueres y dondequiera que te volvieres, si no te convirtieres a Dios. ¿Por qué te afliges de que no te suceda lo que quieres y deseas? ¿Quién es el que tiene todas las cosas a medida de su voluntad? Ni yo, ni tú, ni hombre alguno sobre la tierra.

Pero doña Luz no cejó.

—Allí me dio su pecho, allí me enseñó ciencia muy sabrosa y yo le di de hecho a mí, sin dejar cosa: allí le prometí de ser su esposa.

—¡Luz! ¡Luz!

Sollozaba el maestro. Mosén Cardús estaba empecinado y puntilloso.

—¡Oh, locos y duros de corazón los que tan profundamente se envuelven en la tierra que nada gustan sino de las cosas carnales!

—... y yo lc di de hecho a mí, sin dejar cosa...

—¡Luz! ¡Luz!

—Si te dispones para hacer lo que debes, es decir, sufrir y morir, luego te irá mejor y hallarás paz.

—... y yo le di de hecho a mí, sin dejar cosa..., y yo le di de hecho a mí, sin dejar cosa..., ¡y yo le di de hecho a mí, sin dejar cosa!

La excitada doña Luz se lanzó contra su marido y mosén Cardús cerró los ojos para no ver la conmoción de la carne agitada por la maniobra. Pero los abrió porque el maestro gritaba y, al abrirlos, vio la cara del mentor llena de sangre que le brotaba de los surcos de los arañazos. Doña Luz miraba ahora a mosén Cardús y repetía sonriente:

—Y yo le di de hecho a mí, sin dejar cosa...

El cura se dijo basta, y adelantándose hacia la posesa trazó en el aire el signo de la cruz con dos dedos desmayados. Doña Luz abrió los ojos, lanzó un grito y se dejó caer al suelo para no moverse. Por si acaso, mosén Cardús volvió a trazar otro signo de la cruz. Y otro.

Doña Luz tocó con los dedos la lona del jeep y miró el polvo que había quedado sobre las yemas.

—Lo tiene usted muy sucio.

Dardé seguía ensimismado. La mujer se le acercó y le preguntó, sonriendo:

—¿Es usted extranjero? ¿Muy extranjero? ¿El más extranjero?

Dardé se desplazó hacia la derecha y fingió interesarse por el estado de la rueda delantera derecha.

—Yo siempre suelo pasear por aquí. No tengo nada que hacer durante días y días.

Doña Luz enseñó a Dardé el libro que llevaba.

—Lo voy leyendo, poquito a poquito, como las cosas buenas, poquito a poquito. ¿Ha comido usted caviar alguna vez?

Dardé asintió y comentó:

—No es mi comida preferida. Prefiero proteínas mejor repartidas y menos incómodas.

—Mi marido es el maestro. Un hombre muy culto. Recuerda de memoria un libro de ciencias cosmológicas que estudió hace... Pero es de un plan de estudios muy antiguo, muy antiguo.

Se echó a reír.

—Mi marido es muy antiguo, pero usted es un extranjero y yo amo a los extranjeros porque no les entiendo. Mi marido es muy culto. ¿No le gustaría a usted hablar con él? Es usted profesor también, ¿verdad? No me tome por una inculta, quería decir que usted también tiene cultura, mucha cultura, ¿mucha?

Dardé miró la rueda delantera izquierda.

Doña Luz se puso a llorar.

Dardé miró la rueda izquierda trasera.

—Tiene usted muy sucio el coche —dijo doña Luz entre hipos—. ¿Quiere que se lo limpie?

Dardé miró la rueda derecha trasera y después comprobó la rueda de recambio.

—¿Le limpio el coche?

Doña Luz se le acercó y le puso una mano sobre la muñeca. Los dedos de doña Luz subieron por el antebrazo y se enredaron en el vello de Dardé. El profesor se retiró y caminó unos pasos. Se sentó sobre un hito blanco. Daba la espalda a doña Luz, pero ésta siguió hablándole como si tal cosa.

—Le voy a contar una historia. No tengo hijos. Todo el mundo cree que la culpa la tuvo una operación que me hicieron con motivo de un aborto. Es mentira.

Doña Luz se volvió bruscamente de espaldas a la espalda de Dardé y empezó a caminar decidida en dirección al pueblo. Hablaba para sí cada vez con más excitación. Se paró y volviéndose hacia el ya lejano Dardé le gritó con toda la rabia de su corazón:

—¡Tú no eres un extranjero! ¡Eres un farsante! ¡Eres un maricón, como todos los hombres! ¡Cerdo! ¡Maricón!

Doña Luz repitió la marcha y los gritos hasta que llegó a la bifurcación de caminos. El uno era la continuidad de la carretera de Olot hasta desembocar en la de San Juan de las Abadesas a Camprodón, el otro era un caminillo más estrecho que llevaba hacia la iglesia y el bosque de los Robles. En el bosque de los Robles estaba Tancio aguardándola. Empezó a sonreír al muchacho desde lejos y cuando llegó a su lado le abrazó y le removió el pelo cariñosamente.

—Luego te tomaré la lección de francés. Ahora te pago un helado. Vamos.

E iniciaron el descenso mientras Tancio le contaba que en el pueblo aseguraban que Dardé no vivía solo.

Juan de Dios arañó distraído el óxido de un desconchado de la palangana de porcelana. Aquella palangana le recordaba la de su casa y también el olor del agua mantenida en la jarra durante días. Cada mañana asía la jarra y la inclinaba hasta que el agua empezaba a verterse y casi llenaba la palangana de porcelana. Juan de Dios se miró al espejo y con unas tijerillas se recortó las cejas mefistofélicas. Después sacó la lengua. Amarilla, amarilla, se dijo, eres amarilla como la morilla que quiero yo... Aquella habanera..., lo menos de cuando él hizo la mili, allá por los años de la Dictadura. La dueña de la casa le había dejado tres pañuelos limpios sobre la mesa, junto al tazón de leche y malta y el bultillo de la comida envuelta en una servilleta caliente por la fiambrera. Juan de Dios se calentó las manos apretando el bulto hasta que oyó crujir el pan. Olía siempre a pan la calle de don Práxedes Mateo Sagasta que desde chico había oído llamar: la calle del rumboso. Juan de Dios se sentó y sorbió la leche con estruendo de día de fiesta porque sin saber por qué se había levantado contento. Tenía la lengua sucia. Le diría a la señora Elvira que le comprase tres lechugas verdes. Cantaban los gallos del corral y la casa olía a mierda de ave húmeda por el rocío. En cambio la calle «del rumboso» siempre olía a pan. A pan de antes de la guerra. Aquello era pan. ¿Cómo era el pan de antes de la guerra? Juan de Dios no lo recordaba. Redondo, eso es. Muy redondo, y parecía viejo por fuera y joven por dentro. Juan de Dios se dobló el pantalón y puso uno de los pañuelos limpios sobre la llaga que no se le acababa de cerrar. Luego recorrió con la yema de los dedos la orografía de las varices de la pantorrilla. ¡Si se pudieran arrancar! La imaginación del dolor le hizo estremecer y se acabó el tazón sin prisas porque se estaba poniendo de mala leche. Canturreó:

De Puente Genil a Lucena.
De Loja a Benamejí.
Las mocitas de Sierra Morena...

Le gustaba permanecer unos minutos en el portal que daba al jardín y sentir el fresco húmedo sobre la piel. La señora Elvira se movía ya entre las tomateras. Pobre mujer. Un día le echaría una mano. El domingo. Eso es. El domingo.

—¡Señora Elvira! El domingo le doy yo a la azadilla.

La señora Elvira le sonrió desde lejos. Más vieja que yo y se agacha mejor que yo. Corre cada hijo por el mundo. Hacía siete años que Juan de Dios no había visto a su hijo mayor. El hijo de la señora Elvira se había casado y se había ido a Barcelona con su mujer y su niña. Y la vieja...

—¡Señora Elvira! *Escorti. Er dumenche* le arreglo yo el huerto. Se lo juro.

Juan de Dios pensaba que ya era hora de echarse al camino. Por detrás del tapial ya veía avanzar por la carretera a algunos compañeros de la brigada. La señora Elvira se le acercó.

—¿Me preparará usted tres lechugas verdes para cenar? Tengo el estómago sucio.

El bultillo de la comida le daba golpecitos en la pierna mientras subía por el sendero hacia la carretera. El hijo mayor de Juan de Dios se había ido a la Legión hacía siete años.

> [...] cayó el mimbre de su mano
> y de su boca el clavel
> y de su boca el clavel

A lo mejor no lo vuelvo a ver. Ni vuelvo a oler a pan, a pan pan. ¿Y qué voy a hacer yo en el pueblo? A mi edad. Y lo peor es convencerse de que uno está viejo, de que no puede ya con las carreteras, con los pantanos. Y un día me doy una y me quedo en el sitio o pasa un borde como el tío ese de las gafas y te deja hecho un sello en la carretera. Su madre. Y al fin y al cabo, ¿qué? Juan de Dios. Juan de Dios...

Antonio Vargas Heredia,
flor de la raza calé,
cayó el mimbre de tu mano
y de tu boca el clavel...
... y de tu boca el clavel.

Proserpina había salido de la página doscientas... del diccionario latino-español Spes. Le habían trazado a pluma un pecho de perfil, un pecho perfecto de ortopédico, pero que parecía de carne. Toda la piel de Proserpina estaba al aire libre y por debajo de sus nalgas la alzaba el brazo negro de Plutón. Un brazo de Proserpina se doblaba sobre sus ojos para no ver quizá el inmediato destino que le iba a proporcionar el fogoso Plutón. En cambio el otro brazo se adentraba en el aire circundante y se vencía por la muñeca, de tal manera que la mano estaba cómoda y no parecía crispada, como las manos de las emperatrices de Roma cuando señalaban a los esclavos hermosos o de las damas medievales protagonistas de albadas, cuando despiden al amante aún caliente de lecho y piel de dama medieval protagonistas de albadas. Plutón, obcecado como un cabrón, mira al frente y el dibujante a pluma ha cuidado de que todo su musculoso cuerpo, con Proserpina a cuestas, dé ideas de dirección a... El margen de la página cierra el camino de Plutón. Ceres, como buena madre, al fin y al cabo, se lamenta del rapto pero a distancia, como una estatua sobre un pedestal. Ceres lleva un canasto con manzanas y otros frutos que el dibujante a pluma no ha matizado.

Y de pronto Proserpina crece, crece..., tiene el tamaño casi tangible de un primer plano. Proserpina es doña Luz y sonríe. La cabeza es de doña Luz, pero el cuerpo desnudo que la continúa es un dibujo a pluma y el pecho de perfil sigue siendo un pecho de perfección ortopédica que doña Luz nunca siquiera ha soñado poseer. Los brazos de Proserpina se van haciendo carnales. Son los de doña Luz. Los labios de doña Luz le besan la frente, los labios, los labios, el pecho, el vientre. Los labios de doña Luz están húmedos y se apartan de su cuerpo para sonreír. Pero no sólo los labios. Toda doña Luz se aparta y es el brazo de Plutón quien la aparta en un movimiento de traslación perfecto como si se movieran sobre una plataforma con ruedas.

—¿Crees acaso que hay otros pueblos mejor que éste? Todos los pueblos son iguales. Lo importante es llevar la verdad aquí, en el pecho y aquí, en la frente.

De pronto doña Luz empieza a forcejear con Plutón y grita, grita un nombre: Tancio... Tancio... Pero Tancio no puede acudir. Tancio está enfermo. Tancio se muere. Un médico le dice a la madre de Tancio... a Ceres..., su hijo morirá si no goza..., mi hijo morirá si no goza... Proserpina huye de Plutón y se acerca a Tancio. Pero Tancio está enfermo. Ceres le dice a Proserpina: morirá si no goza. Pero Tancio ya se ha liberado de las sábanas y salta a un vacío de colores brillantes. Tropieza con un cuerpo de mujer mojado. Tancio ha crecido. Es un hombre. Pero sin rostro. Morirá si no goza, insiste Ceres y ha de gozar antes de que vuelva su padre de la fábrica. Y su padre no tardará. Aparece Plutón y Tancio quisiera pelear pero no puede. Le acomete una súbita debilidad a los brazos, a las piernas. Ceres. Proserpina. Plutón ha desaparecido. Y Tancio goza sobre Proserpina en un grito interminable..., pero se detiene... No, no ha vuelto tu padre, pero date prisa, corre, tu padre está al llegar... doña Luz es un calor y un dolor en el vientre, un dolor inextirpable que quisiera fuera eterno. Pero ya no está sola doña Luz, hay otras dos muchachas, dos muchachas de las que se bañan en el río..., se pelean con doña Luz... corren hacia Tancio. Tancio salta otra vez al vacío brillante y tropieza con los cuerpos mojados y brillantes de las muchachas. Una le acaricia el sexo y le sonríe..., doña Luz grita desesperada: Tancio, Tancio... Pero se la lleva Plutón otra vez, hacia la derecha, ciego, determinado... ¿No le importa a Tancio? Siente otra vez el dolor intenso... Las muchachas se mezclan..., forman una... Morirá si no goza, repite Ceres y Tancio se va a casar con una de las muchachas. La mira con ternura... Tancio y la muchacha gozan sobre un lecho de blancura nupcial... Por la ventana desfila un paisaje de abetos y hayas... y de pronto... Plutón se acerca a la ventana..., Plutón era..., J. W. Dardé...

El adolescente se despertó aplastado por la humedad y la frialdad del alba.

El Noi medía metro noventa y pesaba ciento treinta y dos kilos. Nadie podría recordar ahora en él al esforzado contrabandista que cruzaba la frontera con sacos de harina y azúcar sobre el costillaje. Ahora sus brazos cúbicos caían implacables sobre la carne, armados con pesados cuchillos carniceros o bien perseguían con torpeza de pierrot a las moscas que turbaban sus interminables siestas. El día del Noi era una continuidad de pausas entre siestas envueltas en el olor a muerto de su carnicería. Cualquier comprador debía exponerse a que el Noi tardara en recuperarse de su sopor y después avanzara con la rigidez de un panzern hacia la cámara mortuoria y entrara y volviera del frío abrazado a media vaca descuartizada. La cabeza del Noi parecía también una cabeza de vaca. Mestizo de vaca y elefante, el cincuentón todavía alardeaba de levantar un camión por su parte delantera sólo con meter sus manazas bajo el morro. No es que el Noi fuera un perfecto conocedor de sí mismo, pero admitía lo moroso de sus despertares y la tardanza en hacerse una composición de lugar cuando algún cliente le interrumpía la siesta. Por eso no se sorprendió demasiado la primera vez que oyó...

—Trescientos setenta y cuatro por el cuadrado de alfa..., dos tangiales..., cinco tres cuatro...

El Noi paseó la enorme totalidad de su lengua por las paredes interiores de su boca y retiró un regusto a judías con cebolla y tocino que le despertó el apetito. Se levantó en once o doce tiempos y avanzó hacia el mostrador de mármol de donde escapó una bandada de moscas irritadas y fornicantes. Se volvió a Dardé e inclinó su cabezón hacia el profesor mientras intentaba seleccionar una mueca que pudiera parecer una sonrisa.

—Trescientos cuarenta y cuatro..., tangenciales.

Pensó: «Estará hablando en francés.» Pero sus ideas ya se iban aclarando y recordó el sonido de los números, su significación. Se inclinó un poco más, con riesgo a caer sobre el mostrador y aplastarlo.

—Trescientos cuarenta y cuatro..., tangenciales...

Dardé estaba nervioso. Parpadeaba y parecía asqueado por el olor a carne muerta. El Noi se acercó el pesado cuchillo de tronchar huesos, por si acaso, y señaló una pierna de cordera que colgaba de un garfio dorado.

—¿Esto?

Dardé adelantó un paso y colocó sus manos sobre el mármol. Desde allí gritó:

—O bien cuatrocientas..., cuatrocientas..., tangenciales..., equis dos..., la diferencia máxima...

El Noi miró hacia la calle, pero nadie pasaba por ella. Dardé empezó a pegar puñetazos sobre el mármol...

—¡Tangenciales! ¡Tangenciales! ¡Tangenciales!

El Noi rompió a hablar en catalán, confuso, sin sentido, palabras de disculpa, de calma, le ofreció llamar al médico, ir a la farmacia.

Dardé calló y su rostro adquirió paulatinamente una expresión de sorpresa. Recorrió las paredes forradas de azulejos como buscando algo. Se mordió los labios. Los adelantó, formó una «o» perfecta, después extendió los labios hasta que se volvieron blancos por el centro, después los adelantó rápidamente en una «u» cerradísima. Dardé se quitó las gafas, sacó un pañuelo del bolsillo y las limpió meticulosamente. El Noi se las había entendido una vez con un epiléptico. Pensó que tal vez Dardé era un epiléptico. Después de la guerra, el Noi había compartido una celda con un epiléptico. Por entonces el Noi sólo pesaba noventa y siete kilos y todo su peso cayó sobre el epiléptico. El oficial de prisiones gritaba: «¡La lengua! ¡La lengua!»

Otro proponía que le pisaran los cojones. Pero el epiléptico empezó a cerrar sus dientes sobre su propia lengua y un enorme dedazo del Noi le apretó los dientes. De pronto cedieron dos dientes y el dedo del Noi se precipitó en un abismo húmedo, lleno de saliva espumosa y de lengua sangrante. La saliva brotaba de la boca del epiléptico como de un manantial. Crecía. Subía. Se precipitaba.

El Noi dio la vuelta al mostrador y avanzó hacia Dardé. El profesor empezó a retroceder. De pronto sus ojos se abrieron y pareció sonreír.

El sargento terminó de escuchar el relato del Noi y después comentó:

—Pues según se mire.

El sargento miró al alcalde y después a Quim de Calgrós, concejal y pregonero.

—Según se mire.

Insistió el sargento. Pero no siguió hablando. Cabeceó y dijo:

—Carajo.

El alcalde habló entonces del extraño ruido en el piso superior de la casa de Dardé.

—Parecían gritos. O mejor dicho..., no sé..., como cuando se dan un golpe dos varas de hierro y una es más delgada. Tú lo entenderás.

El herrero asintió y se tragó el coñac de un trago.

—Según se mire. Porque ¿qué les voy a decir? Ese señor es raro..., ya lo sé... ¿Y quién no es raro?

—Que está loco..., loco...

Farfullaba el Noi.

—Si usted le hubiera oído..., y visto... Trescientos treinta..., y no sé cuántos..., decía..., y dale, una y otra vez...

—Amnesia pasajera.

Sentenció el maestro con rotundidad. Mosén Cardús miró al maestro con una cierta lástima.

—¿Y qué sabe usted?

Todos miraron al cura con sorpresa. El maestro enrojeció y elevó al cura unos ojos sorprendidos.

—Hay casos.

—Puede ser un peligro público.

Dijo el alcalde. El concejal asintió tres veces.

—Ay, Señor, Señor.

Se lamentaba el Noi...

—Si ustedes le hubieran visto.

Se oyó un ruido de pasos precipitados en la escalera. El chico del herrero irrumpió en el comedor del alcalde y sin decir ni buenas tardes respiró hondamente para recuperar el aliento. Su padre ya se levantaba indignado para increparle:

—El sabio..., el sabio...

—¿Qué pasa?

Dijo el sargento, poniéndose en pie y asumiendo la situación.

—El sabio que le ha dado un susto a la tabernera... a la mujer del bar. Ha empezado a decirle cosas raras. Y luego se ha enfadado porque no le entendía. Ha cogido el coche y se ha ido hacia San Juan de las Abadesas..., pero luego ha vuelto en seguida y se ha metido en la taberna de los *charnegos*...

El guardia civil no se dio por aludido.

—... y tampoco allí le entendían... Hablaba con números y letras...

—¿Lo ven?

Dijo el Noi triunfal.

—Tengo que comunicarlo a San Juan y quizá a Barcelona.

—¿No puede usted obrar por su cuenta?

Entonces el sargento soltó con sumo placer algo que había mantenido en secreto durante semanas.

—El profesor Dardé es un científico de fama mundial y en cierta manera está bajo mi protección.

—Madrid —dijo el concejal con resignación y se arrepintió ante la mirada de censura que le lanzó el alcalde.

El sargento Rufino Vázquez sonrió enigmático.

—Más incluso que Madrid.

—¿Más que Madrid? —se sorprendió el alcalde, que era muy patriota y se sabía de memoria un poema del Dos de Mayo y otro del Cabo Noval.

—Eso he dicho y no voy a decir más.

La mujer del alcalde fue a contárselo a su prima en su taller de modista. Allí lo oyeron cuatro o cinco muchachas aprendizas y a las dos horas las mujeres recorrían incluso distancias de dos kilómetros para divulgarlo por las masías. Las mujeres del pueblo podían permitirse pocas satisfacciones: una sesión semanal de películas deterioradas y escasos contactos sexuales matrimoniales bajo la asfixia del miedo a quedar en estado. Desde hacía unos dos años las mujeres del lugar habían descubierto la compra a plazos y periódicamente el recadero dejaba en el inmenso local del herrero los objetos recién salidos de los almacenes de Barcelona o Gerona. La prosperidad paulatina alcanzaba sorprendentes concreciones. Una subida de sueldo se materializaba en una cocina de gas butano o en un aparato de radio con el que se podía oír hasta Radio Andorra..., pero sobre todo se traducía en televisores. Y así llegaron al pueblo hasta siete, sin contar los de los dos bares, televisores colectivos que dominaban la totalidad de los salones. Los otros televisores, los de tapete y consola, con un detallito curioso en una esquina (generalmente un perrillo de loza, una muñequita con traje regional o un palillero con el rótulo «recuerdo de Toledo» o «recuerdo de Ampurias»), ingresaban en las familias con funciones muy complejas: calmantes, evasivos, catárticos, colectores. Como un Dios luminoso, un televisor representaba la curva ascendente de los Veinticinco Años de Paz en su punto máximo.

No faltaban imaginaciones poéticas que invertían los aumentos de sueldo o beneficio en utilidades menos claras y así se contaba el caso del Noi que se había comprado una bola de cristal dentro de la cual una Virgen de Montserrat, en su trono, soportaba nevadas por el mero hecho de dar una vuelta a la bola mágica. O el no menos célebre caso de la mujer de Vidal, el encargado de la centralilla eléctrica, que se había comprado un sol artificial a plazos y un magnetofón porque quería grabar la voz de sus padres ancianos y escucharla una vez muertos. Y así, un domingo, los ancianos padres de la señora Vidal se pusieron de veintiún botón, comieron una comida extraordinaria a base de arroz con pollo y pollo con patatas y después se sentaron algo angustiados junto al cajoncillo de plástico duro que tenía un piloto verde encendido.

—Habla papá..., habla..., que ya funciona.

Y el buen hombre se echó a llorar.

—Habla papá..., habla...

Y el anciano empezó a cantar un himno separatista que era la única canción que había aprendido en su juventud. La hija cortó alarmada y riñó al padre. El trauma impidió que aquel día el anciano grabara nada. En cambio su esposa, que siempre había demostrado mayor entereza y sensatez que el marido, dijo y así quedó grabado:

—Tengo dos nietos preciosos que se llaman Miguel y Ramón. Tienen siete y cinco años y son muy..., muy...

—Va, mamá, que lo haces muy bien.

—... muy guapos..., y muy..., muy...

—¡Listos!

Concluyó la hija alborozada. Poco después, cuando repartía el pastel, la señora Vidal dio una porción superior a su madre.

Las mujeres del lugar oyeron, engulleron, digirieron, defecaron la información sobre Dardé, y el relato de Cinta «la Pardala», una montañesa que bajaba al pueblo muy raras veces, resumía así lo sucedido.

—En el pueblo hay un sabio alemán. De esos que mataban judíos y hoy ha querido matar a la tabernera porque la tabernera no sabía alemán. La Guardia Civil no piensa hacer nada porque el sabio tiene mucho enchufe en Madrid. El sabio ahora va por ahí, loco, totalmente loco. Hay que cerrar bien las puertas de las casas. Sobre todo las de aquí arriba. Si se presenta, ni respirar..., que esos alemanes son mala gente.

El padre de Cinta «la Pardala» a sus noventa años reunió todas sus fuerzas para decir:

—Son unos animales. No en balde ganaron la guerra.

—La ganaron... ¿La ganaron, papá? Ay, pues yo creía que no.

—Son unos animales —concluyó el anciano antes de regresar a su dormido silencio.

—Creo que sería interesante saber qué se guisa ese sabio.

El almacenista había reunido una asamblea de veraneantes. La mayor parte de los allí presentes opinaban que lo más sensato era dar por terminadas las vacaciones.

—Después volvemos a comienzos de setiembre para las Fiestas Mayores y ya está. Al fin y al cabo van a llegar las lluvias dentro de dos semanas.

—¿Llegar? ¿Y qué es lo que cae de arriba? Si se pasa el día lloviendo. Yo no vuelvo a este pueblo.

El almacenista pidió silencio y habló:

—Yo les he reunido para que obremos en grupo.

Carraspeó y siguió:

—Al fin y al cabo somos un grupo de presión y se nos ha de tener en cuenta a la hora de tomar decisiones.

El chico del almacenista, que estudiaba Ciencias Económicas, informó:

—En realidad representamos el turismo interior y podemos actuar legítimamente como grupo de presión.

—Nada, hombre, nada. El coche y a Barcelona. No es cosa nuestra.

—Propongo que redactemos unas conclusiones y que se las expongamos al alcalde.

—Y a la Guardia Civil —añadió el almacenista que nunca había considerado sensata la despreocupación que su hijo sentía por las fuerzas militares.

—Nos vamos y se acabó. Ya nos enteraremos de lo que ha pasado por el periódico.

Un chis prolongado indicó que algo importante iba a decirse. Los cuerpos hicieron pasillo para que circulara más libremente la opinión que iba a emitir don Avelino Almirall. Con el cabello enteramente cano y un continuado aspecto de recién duchado, don Avelino había hecho historia. Había puesto una bomba al paso del tren real procedente de Madrid y después había sido uno de los de la intentona separatista de Macià en Prats de Mollò. Cuando se proclamó la República, don Avelino Almirall ingresó en Estat Català y había ejercido un importante cargo en la Generalitat como coordinador de la Enseñanza Primaria en Cataluña. Porque don Avelino Almirall era maestro y había estrechado casi cinco veces la mano de Macià y dos la de Cambó, sin contar las siete u ocho veces que fue abrazado por Lerroux y la interminable cantidad de consejos que había dado a Luis Companys cuando era ministro de Marina de la República y consultaba a Almirall los problemas de la endeble escuadra española.

—Mira, Luis —le había aconsejado Almirall—, húndela..., sí..., sí..., no hablo en broma.

Y al contarlo don Avelino siempre miraba a sus auditores de hito en hito para hacer patente la seriedad de su consejo.

—¿Y por qué, Avelino? —había preguntado Companys con aquella humildad, honra máxima en un hombre público (sentenciaba don Avelino).

—Porque así los banqueros se asustarán y te darán dinero para que hagas otra y por fin habrá bancos decentes.

Todos los presentes conocían el importante pasado político de don Avelino al que el almacenista consideraba un producto típico del centro moderadísimo. Pero se aprestó a escuchar su opinión sobre el «caso Dardé».

—Recuerdo —empezó Avelino mirando hacia el techo con melancolía— que en cierta ocasión, cuando yo estaba en mi despacho de la Generalitat de Cataluña..., entró un paisano mío..., un chico de mi pueblo, habíamos jugado juntos... Un chico listo..., listo chico. Sin ir más lejos..., aún me escribe desde México y allí ha sabido labrarse una posición. Y es lo que yo digo: con trabajo e inteligencia no hay catástrofes. Pues como iba diciendo...

Don Avelino se detuvo y empezó a sonreír por algo que iba a contar. Los presentes se lanzaron a sonreír, pero se arrepintieron inmediatamente porque el rostro de don Avelino se había puesto nuevamente serio, casi grave.

—Eran días muy amargos..., llovían bombas..., ¡bombas!

Y se volvió acusador a los que habían excusado su huida en el hecho de que llovía e iba a llover mucho más.

—Pues aquel chico me consultó un caso que..., sí..., claro..., no tiene nada que ver con lo que aquí nos ocupa.

Don Avelino estaba satisfecho de su donaire y soltó una risita inmediatamente imitada por los débiles de risa.

—Me dijo: Avelino..., porque me tuteaba..., ya he dicho que éramos muy amigos... Avelino, mi novia está en zona nacional... ¡José!..., le grité, porque se llamaba José... Sí, Avelino, sí, mi novia está en zona nacional.

Miró uno a uno a los allí presentes que parecían aplastados por el peso de la noticia.

—¿Qué hago, Avelino?... ¿Oyen?... ¿Qué hago, Avelino?... Yo tenía el corazón así.

Y enseñó el puño cerrado, pero sin intención subversiva.

—José..., cumple con tu deber.

Miró satisfecho a los presentes.

—Y yo les digo a ustedes...

Un silencio total rodeaba la cana cabeza de don Avelino Almirall.

—Yo les digo..., fíjense bien...: cumplan con su deber.

En el pueblo casi no había jóvenes. Unos estaban haciendo el servicio militar, otros trabajaban en Barcelona o en poblaciones de los alrededores. El cura constató el hecho cuando el sargento se negó a enviar a una pareja, oficialmente encargada de registrar la casa de la Señorita.

—¿Y para qué quiere usted jóvenes? —dijo el maestro—. ¿No vale más nuestra experiencia?

—Sí, pero cinco o seis jóvenes decididos que se atrevieran a meterse en la casa... Dentro de unas horas sabríamos a qué atenernos, porque esa casa..., esa casa me huele mal.

El sargento dijo tajantemente:

—Yo no puedo autorizarlo.

—Yo, sí.

Dijo el alcalde con decisión.

El sargento le miró con gravedad y le señaló con un dedo.

—Será usted responsable.

—Lo seré. Pero considero de interés vital saber qué pasa allí y qué se propone Dardé. Ante todo yo soy el alcalde y yo quiero dejar la alcaldía cuando este pueblo tenga su carretera a Olot terminada y los dos grupos de viviendas económicas habitados. Ésa es mi misión... No olviden que la casa de la Señorita está junto a la carretera y como algo pase allí puede repercutir sobre las obras.

—¿Qué hacer?

Preguntó el maestro.

—Yo les he avisado y me lavo las manos.

Dijo el sargento.

Doña Luz intervino en la conversación.

—Creo que hay una solución.

Todos los hombres le sonrieron menos su marido y el cura.

—Pueden acercarse algunos chicos, de los mayores y, como si tal cosa, dan una vuelta por si ven algo y..., si pueden, se meten en la casa.

—Arriesgado.

Comentó el maestro.

—No. Podemos escoger un momento en el que Dardé haya salido.

—¿Y cómo lo sabremos?

Doña Luz se hizo un sitio en el centro de la reunión y con un lápiz dibujó un croquis de la situación de la casa de la Señorita.

—En la colina de enfrente montamos un turno de guardia, chicos que se vayan turnando durante el día. Cuando vean que Dardé sale, con un pañuelo, o con humo..., hacen señales a otros chicos que estarán en el bosque de Robles. Y, entonces, es cuando interviene usted, mosén Cardús.

Mosén Cardús la miraba boquiabierto y algo temeroso de un posible ataque de enajenación mental.

—Uno de los chicos del bosque de Robles va corriendo a la iglesia y le avisa a usted. Entonces, usted toca la campana. Mientras tanto, otro grupo de chicos, los más decididos, están escondidos en el bosque, cerca de la casa de la Señorita. En cuanto oigan la campana se meten en la casa y..., ya está.

—¿Y si hay alguien en la casa? No olviden que yo oí ruidos.

—Entonces, señor alcalde, los chicos fingen que se trata de un juego, de una travesura..., como dice fray Luis de León...

Mosén Cardús, alarmado, cortó:

—Bueno. Me parece una idea estupenda.

—Me parece un acto de sedición.

—Pero, mire, don Rufino —dijo el cura—. Incluso a usted le puede convenir. Si sabe usted qué hay en esa casa, podría saber a qué atenerse con respecto a Dardé...

—Pero tratándose de un prestigio mundial... —arguyó el maestro.

—¿Qué? —cortó su mujer con ferocidad.

—Que no me parece conveniente achucharle... ¿Qué va a pensar de los españoles?

—Por eso, no —intervino el guardia civil—. Que piense lo que le pase por los cojones, y usted perdone, señora, que la lengua de la tropa deja mucho que desear si se considera un bien común...

—Eso es —cabeceó el cura, aprobando.

—Pues se hace y no hay Dios que se oponga.

El cura sonrió condescendiente y golpeó con los dedos el correaje cruzado sobre la espalda del guardia civil.

—Dios puede impedirlo. Lo puede todo.

—Perdone usted, señor cura..., perdone usted...

Dardé se dijo: —La fuente
de la distinción entre cualidades
primarias, secundarias,
pertenece al reino de las apariencias

sólo el espacio es cierto
sólo el espacio cobija y escupe
en los albores se creyó en el Ser
y no fue, no, accidental la identidad
Ser-Materia, ¿la plenitud del espacio
la esencia de la materia? Acaso
sea imposible especificar

especificar
                    puede ser causa de error
el término relación: terminus a quo
terminus ad quem, materia y espacio
deshabitad de hollín las chimeneas
y no existe el hollín
                                        acaso
¿están las cosas porque son o son
porque están?

El movimiento engendra
fantasmas de existencias o el espacio
es sólo paisaje para la vida
y la muerte
de la materia. Para nuestra intención
sólo el vacío puede matar la materia

el resto es materia y lo otro silencio
de la vida y lo que está lleno no puede
estar más lleno
impenetrables las cosas
también los seres cuando son cosas
materias lejanas como ceniza
sin paisaje ni nombre, que sólo sirven,
que sólo sirven, que sólo sirven
utilizable
será la cualidad absoluta de la vida
y las vidas, utilizables en un lugar
y el acto de utilizar en un lugar
será el tiempo, el Tiempo
y lo demás
fantasmas, ¿cosas que son sin estar?
recuerdos
sin esqueleto como los presentimientos
o como los mismos recuerdos que enferman
la piel, tejido contingente
y exacto.

Cuando doña Luz entró en la clase en pantalones, el maestro cerró los ojos. Doña Luz subió a la tarima, escrutó el rostro de los cuarenta y tres alumnos. En la última fila y ante unas mesas mayores, estaban los que estudiaban Bachillerato: dos en primer curso, uno en segundo, tres en tercero, y Tancio aprobado de cuarto. Doña Luz pensó que los mayores de Enseñanza Primaria tenían rostros más decididos.

—La clase ha terminado —dijo doña Luz—. Que se queden los mayores de trece años.

Salieron los niños entre cuchicheos que ocultaban las débiles llamadas del maestro: «Luz, Luz...» Doña Luz, sin volverse, iba examinando a los adolescentes que se quedaban.

—Venid aquí.

Doña Luz había seguido clases de oratoria en Madrid cuando hizo los cursillos para Joven Dirigente de Acción Católica. Había obtenido el número tres nacional y todos aseguraban que lo debía al ejercicio de oratoria. Adelantó un pie y dirigió las manos hacia los adolescentes mientras tensaba los músculos del cuello y empezó a hablar con suavidad para ir cambiando de tono según las fluctuaciones del discurso...

—La historia la hacen los hombres, y también las poesías y los campos y... —añadió con amargura— casi me atrevería a decir que también hacen los hombres la primavera, los arroyos y los pájaros.

«Luz, Luz...», insistía el maestro semioculto detrás de la pizarra.

—Vosotros sois hombres y jóvenes. «Juventud,

primavera de la vida», dice un himno que vosotros sabéis muy bien...

Y doña Luz continuó cantando:

Ser apóstol o mártir acaso
inculcar en los pechos la fe
ser apóstol o mártir acaso
mis banderas me enseñan a ser.

Como a doña Luz se le había escapado un hermoso gallo capón al llegar a lo del «acaso», dos o tres contertulios se rieron, pero ella lo interpretó como fervor mal reprimido y se detuvo satisfecha.

—Hace siglos estoy segura de que voces como la mía alertaron a muchachos saguntinos o numantinos de vuestra edad a resistir el asedio del invasor y, luego, cuando fue preciso, a consentir morir antes que perder la libertad y la dignidad bajo el invasor. Y aquellos muchachitos incluso llegaron a arrojarse entre las llamas al grito de «¡Viva España!» La patria... ¿qué sentimiento puede comparársele? Y yo en verdad en verdad os digo, la patria es como una muñeca rusa. ¿No habéis visto muñecas rusas zaristas?

—No, señora.

Contestaron los trece adolescentes.

—Pues una muñeca rusa es una muñeca gorda. Se puede abrir y dentro hay otra muñeca igual, pero un poquito más pequeña. Esa muñeca también se puede abrir y dentro hay otra más pequeña. Esa muñeca se abre y dentro..., ¿sabéis qué hay dentro?

—Otra muñeca más pequeña.

Rezaron los niños.

Doña Luz se volvió a su marido con un brillo de feliz desafío en los ojos.

—Pues bien, la patria es una muñeca rusa. La gorda de fuera es la cristiandad. La que viene después es España. Después, para vosotros, Cataluña. Después, para vosotros, Gerona..., y después... ¡estos maravillosos lugares donde Dios os concedió la ventura de nacer!

Doña Luz abrió los brazos hasta el límite que le permitieron las junturas del hombro.

—¡Muchachos! ¡Hijos! ¡Vuestra patria pequeñita está en peligro y exige vuestro esfuerzo para salvarla!

Y adelantándose hasta el borde de la tarima:

—¿La salvaréis?

—¡La salvaremos!

Refrendaron las masas excitadas y xenófobas.

—Porque, en último extremo, también podemos movilizar a los «jaeneros» —opinó el almacenista.

El alcalde, observador delegado por las fuerzas vivas en aquella reunión de veraneantes, cabeceó, abstracto. El hijo del almacenista cabeceó, en cambio, una concretísima negación.

—No, señor. Es un error. No puedes plantear reivindicaciones comunes a pequeños campesinos, pequeña burguesía y mandos intermedios por una parte, es decir, nosotros, y al proletariado, es decir, los «jaeneros», por otra.

—Pero ese loco es un nazi..., un nazi..., y ante el fascismo puede haber frentes democráticos comunes —objetó el almacenista.

—Sí, pero no siempre. Y en este caso Dardé constituye un peligro para el comercio, el turismo y el orden..., no para los intereses legítimos del proletariado.

—¿Y tú te llamas revolucionario? —gritó el almacenista a su hijo—. ¿Tú? Eso es, mucha lectura y mucho cuento, pero la clase obrera por la puerta trasera.

—Lo mejor es marcharse y menos líos.

Opinó un viajante de géneros de punto de Tarrasa que había estrenado, precisamente durante el veraneo, un Seat 1500.

—Usted se equivoca —replicó el estudiante con el aplomo que suelen emplear los héroes positivos de las novelas de Julio Verne—. Usted se equivoca. Su inhibición puede ser catastrófica para usted mismo.

—¿Para mí? Yo me voy a Barcelona y el que quiera líos que se los busque.

—¿Y si ocurre algo irremediable en este pueblo? ¿Dónde veraneará usted el año que viene?

—Pues me iré a otro pueblo. Mire, por falta de pueblos no será.

—El utilitarismo apátrida —dijo con asco el estudiante.

—Oiga, joven, el apátrida lo será usted.

—Paz, paz... —dijo don Avelino Almirall desde el fondo de la sala. Paz y buenas palabras.

—Apátrida lo he dicho en sentido figurado, mi querido filisteo —prosiguió el joven con suficiencia—. En realidad, usted tipifica al clásico trabajador improductivo, producto del excedente económico de una sociedad capitalista, fomentadores de necesidades artificiales.

El viajante dio dos pasos hacia el estudiante y, como observaba que nadie le contenía, dio un paso más que le colocó peligrosamente a un palmo de su insultante interlocutor.

—Repítamelo ahora, repítamelo.

—Usted es un trabajador improductivo.

—Y usted un mocoso sin destetar.

—¡Trabajador improductivo!

—¡Mocoso!

—¡Basta! —gritó el almacenista—. Este señor se merece un respeto. Tiene más años y más experiencia que tú.

El joven se sentó, abatido, y dejó caer la barbilla sobre la mano abierta que la esperaba.

—El clásico pacto entre viejos... Ésta es la cuestión: lo viejo o lo nuevo. Cualquier superestructura con el tiempo se hace conservadora y regresiva y...

Miró con melancolía a todos los allí presentes antes de concluir...

—... represiva.

Don Avelino Almirall habló con voz serena y capitular.

—Joven, la vida no es como la esperábamos.

El alcalde se había puesto en pie.

—Señores. Las autoridades del pueblo hemos tomado nuestras medidas. ¿Oyen esas campanadas? En estos mismísimos momentos el secreto del profesor Dardé ya no existe. Un grupo enviado por nosotros está investigando en el meollo mismo del asunto: la casa de la Señorita.

Fue Tancio quien avisó al cura que había visto el flamear del pañuelo sobre la colina. El cura bajó los escalones llenos de verdín que llevaban a la escalerilla del campanario. Agarró la cuerda por el forrado de cuero y tiró con todas sus fuerzas ocho, nueve, diez, quince veces...

—¡Se va a dar cuenta! —le gritaba Tancio.

—¿De qué? —preguntó el cura cuando hubo terminado.

—Si no está lejos del pueblo puede oír tanta campana y a lo peor vuelve a ver qué pasa.

El cura salió al ábside y se arrodilló al pasar ante el altar central. Tancio repitió sus movimientos y salieron fuera los dos. El cura le precedió y bajaron hasta el cementerio. Mosén Cardús empujó la puerta de hierro pintada de azul y entraron pisoteando el tapiz de hierbas bordes y jaramagos. Se dirigió el cura hacia la tumba de los Sirera y le pidió a Tancio que le hiciera escalón con las dos manos para poder subirse, porque uno es viejo y a esta edad los riñones no están para saltos. Así lo hizo Tancio y después subió él. Se sorprendió al ver allí una canastilla llena de higos tapados por hojas de higuera. El cura le ofreció higos y le aclaró:

—Es que cada día me siento un poquito aquí a ver qué hace nuestro hombre, y como tengo sed y el agua me va mal para la presión, me traigo un cestillo de higos o un par de melocotones.

Bajo los pies de Tancio aparecía la palabra familia y después, un poco más allá, podía leerse «patricia».

—Hace mucho tiempo que no han venido los Sirera, ¿verdad?

—No tienen un céntimo.

El cura mantenía la vista fija en la casa de la Señorita.

—Ahora, ¿por qué han tardado tanto?

Tancio miró y llegó a tiempo de ver cómo Pere Melic saltaba por la ventana de la casa. Los tres muchachos escogidos por doña Luz para apostarse al lado mismo de la casa de la Señorita y entrar dentro, habían sido los de aspecto más fuerte y decidido: Pere Melic, Quim de Calgrós y Andreu Oliva, que ya empezaba a ayudar a su padre como peón de la construcción (el padre era maestro de obras). Los muchachos se habían tumbado sobre el césped y Quim, que tenía una vista prodigiosa, encontró seis o siete fresas que repartió entre sus compañeros. La casa de la Señorita quedaba a unos setenta u ochenta metros, pero no podían verla porque el prado en el que yacían se extendía en la parte trasera del cerro, a cuyo pie se alzaba la casa de la Señorita. Cuando oyeron las campanadas, Quim se puso en pie y le siguieron los otros dos.

Corrieron loma arriba y, cuando llegaron a la cima, se echaron al suelo para que sus cabezas no pudieran ser vistas desde la casa. Se dejaron caer rodando montaña abajo, con cuidado de no tropezar contra los árboles, en un eslalon a cuerpo limpio, en el que peligraba el buen crecimiento del costillaje. Pere Melic era el más corpulento y fue el primero en llegar junto a la valla trasera del corral de la casa de la Señorita. Sin pensarlo dos veces, saltó la valla y se acercó agachado a la primera ventana que encontró. Empujó los postigos y cedieron. Hizo un signo a sus dos compañeros y éstos repitieron su recorrido. Quedaron los tres al pie de la ventana. Quim de Calgrós recuperó la jefatura del grupo.

—Yo salto primero y veo lo que hay en esta habitación. Cuando esté seguro de que podéis entrar, os hago una señal y adentro.

Se izó a pulso y dándose impulso saltó. Los pies hicieron un ruido blando al caer sobre una alfombra. La luz que entraba por la ventana le permitía ver un trapecio iluminado en el que había una silla y un saco vacío. Poco a poco, los ojos pudieron mirar y ver hacia las esquinas de la habitación. Nada había. Una percha y un abrigo muy voluminoso. Nada más. Entonces, Quim avanzó por la habitación hasta la puerta y la abrió lentamente. Daba a un zaguán oscurecido del que partía una escalera hacia las habitaciones superiores. La casa parecía deshabitada.

Quim regresó a la ventana e hizo un ademán imperativo a sus compañeros. Saltaron Andreu Oliva y Pere Melic, por este orden.

Abrieron la puerta al zaguán y cuchichearon el plan de acción. Acordaron dar un vistazo primero a las habitaciones inferiores para que nadie pudiera cortarles después el camino de vuelta de las habitaciones de arriba. Doña Luz les había encomendado: «Procurad no dejar ninguna duda detrás, todas las dudas por delante, para que les podáis volver la espalda en caso de riesgo y correr.»

Entraron en un comedor similar al de cualquier casa del pueblo, aunque algo más espacioso. Abrieron una alacena y Andreu Oliva lanzó una exclamación al presenciar el espectáculo de un enorme pedazo de magro jamón. Instintivamente el muchacho buscó un cuchillo y se disponía a cortar un buen pedazo cuando la mano de Quim se cerró como una tenaza de acero sobre su muñeca.

—No hay que dejar pistas.

Les había dicho doña Luz.

—Que el que vaya detrás procure siempre que el que va delante no deje nada.

Salieron de la cocina y cruzaron el zaguán hacia la habitación de enfrente. Estaba cerrada con llave. Entonces, Melic observó que la parte superior de la puerta era de cristal y lo comunicó a sus compañeros. No tenían la suficiente estatura para llegar a la cristalera y entre dos izaron a Calgrós, que era el jefe. La habitación estaba llena de luz porque habían dejado los postigos completamente abiertos. Era una cocina con chimenea.

Sólo quedaba la aventura de la escalera, el prometedor primer piso.

—Según parece —informó doña Luz— el asunto está en el primer piso. Pero vosotros lo miráis todo, incluso el desván.

Los tres muchachos se detuvieron al pie de la escalera. Quim de Calgrós puso el pie en el primer escalón y después inició la subida velozmente, pero de puntillas. Le siguieron los otros y llegaron ante una puerta. Cerrada. Una puerta alta y totalmente de madera. Quim miró por la cerradura, pero la habitación estaba completamente a oscuras.

—Quizá esté la llave por abajo.

—¡En la alacena he visto una llave!

Casi gritó Oliva.

Bajó el propio Oliva y cuando volvió y se acercó a Calgrós para darle la llave, éste le olió el aliento y olía a jamón.

—¡Este cerdo ya se ha atizado el jamón!

—Cerdo lo será tu padre.

Iban a pegarse, pero Calgrós recordó que era el jefe y dijo, entre dientes:

—Después verás.

La llave entró en la cerradura y poco a poco Calgrós le dio una vuelta. Empujó la puerta, pero no cedía.

—¿Tiene otra vuelta?

Preguntó Oliva.

Calgrós dio otra vuelta y la puerta cedió.

La empujaron para que cediera del todo y ante su vista quedó una habitación completamente a oscuras. Calgrós recorrió con la mano el marco de la puerta y no halló el interruptor de la luz en la parte superior; bajó los dedos por el marco y tropezó con el interruptor. Estaba muy flojo, porque nada más tocarlo se venció y la luz vivísima de cuatro bombillas enormes iluminaron súbitamente la habitación.

Melic lanzó un grito blasfemo.

Oliva y Calgrós se cogieron la mano casi sin proponérselo.

Ante ellos se alineaban seis gigantes de metal con dos ojos luminosos en el centro de la cara y rizos de cables sobre sus cabezas. Primeramente, el espanto no les dejó analizar la naturaleza de los gigantes, ni su constitución física. Los monstruos medían más de dos metros y brillaban como la plata. Sus ojos malignos eran de color verde. Calgrós, totalmente histérico, dio un paso adelante para probar su valor.

—¡Se mueven!

Le gritó Oliva.

Pero Calgrós tenía los ojos bloqueados y avanzaba como un autómata.

—¡Se mueven!

Gritó Oliva.

—¡Se mueven, Quim!

Gritaron Oliva y Melic.

Entonces, Quim de Calgrós vio cómo los seis monstruos iniciaban el movimiento. Adelantaban una pierna, otra, y la habitación se llenaba de un extraño rumor, como si chocasen entre sí piezas de hierro, pero era un rumor incompleto, incluso sugestivo. Calgrós quedó paralizado y miraba atónito la cercanía progresiva de los monstruos. Sus ojos se metieron en las cuencas vacías del monstruo más cercano en cuyo fondo, ahora lo veía, ardía una llamita verde, como una luz de gas. Pero la llama verde se volvía roja, violeta..., y crecía. Los monstruos avanzaban.

—¡Quim!

Gritaba uno de los dos muchachos.

El monstruo más cercano alargó los brazos. Sus manos de laminillas de metal se acercaron a Quim como dos manchas brillantes. Quim casi sintió su contacto.

Dio un salto atrás.

Después sintió como si se le desmoronase la columna vertebral y un ahogo total en el pecho, blandamente, con las piernas casi dobladas, volvió la espalda al monstruo y sintió en un hombro el movimiento fallido de un zarpazo.

Corrió como en sueños y bajó la escalera con una precisión mecánica tras la cara atónita de Melic que se volvía de vez en cuando para ver la arrogancia metálica del monstruo, detenido en el último peldaño de la escalera.

SEGUNDA PARTE

EL CIRCO

Acaso haya luces
más claras en circos
industriales, mujeres
cañón de precisión
payasos
con vacaciones pagadas, globos
eternos para niños
inmortales
y ancianos elefantes
de piedad que consiguen
siempre consiguen
subirse a la bola
aplastarla
y los leones
devoran entonces domadores
que se callan
inigualable el silencio total
del último circo, la última
voz, la última luz
el último día
de la historia laborable de España.

—Hombres de hierro.

—De latón.

—Eléctricos.

—Electrónicos.

—Atómicos.

—Cibernéticos —concluyó el maestro, con satisfacción—. Son robots.

—Robots.

—Robots.

—Robots.

—¡Robots, me lo esperaba! —gritó el estudiante de Ciencias Económicas.

—Muñecos que caminan —bizqueó la chica de Can Tusquets.

—¿Dardé es un muñeco?

—¿Dardé?

—Dardé es un muñeco.

—¡Dardé es un muñeco!

Los grupos se congregaban en la puerta del bar de la plaza del Centro.

—No, Dardé no es un muñeco.

—Dardé es de electricidad —dijo la abuela del pregonero—. Coge el cucurucho y vete a decir por ahí que Dardé es de electricidad. Cortad la corriente y Dardé se morirá... ¡Oh!, ¿y si funciona con eso, sin enchufe...?

—¿Con pilas?

El alcalde recibía rumores y los rechazaba cada vez más indignado. Por fin redactó un pregón que fue leído en la plaza del Centro.

«Se hace saber que esta alcaldía, de común acuerdo con el reverendo cura párroco, y los ilustres señores maestro y sargento de la Guardia Civil, desmiente la naturaleza no humana de nuestro convecino J. W. Dardé.»

Aquello contribuyó a que creciera el rumor de que Dardé era un muñeco movido por la electricidad.

Durante doce horas del pueblo se elevaba una «bocaza» de tebeo en la que rebullía un monstruoso sueño colectivo. Seres cúbicos de color plata se movían torpemente entre nieblas de colores inexistentes, nieblas de fantasía que participaban del abstracto exotismo de un Oriente ensoñado y del vago presentimiento galaxial de las generaciones pre-espaciales. Los seres cúbicos danzaban y flotaban en un mar imposible. Se acercaban a los ancianos, a los niños, a los hombres, a las vírgenes, a las blancas pero duras hembras luchadoras cotidianas del puchero y de la azada. Y en la «bocaza» de pueblo los robots construían puentes en tres ademanes, restituían campanarios en dos, abrían la tierra con un extraño rabo que lanzaba chispas, horadaban montañas con rayos eléctricos que fluían por sus ojos, arrancaban árboles de cuajo con un leve gesto, construían viviendas que subían hacia el bosque de los Robles, destripaban corderos y descuartizaban vacas con un desmayado movimiento del meñique, pequeño meñique articulado con el que pinchaban el suelo para clavar mástiles para el tinglado de la Fiesta Mayor y las banderas del club de baloncesto local, de Cataluña, de España, del Vaticano y de Los Juegos Olímpicos.

«... sustituirán al hombre en los trabajos más penosos —decía el estudiante ante un imaginario auditorio de diez mil estudiantes de Ciencias Económicas— y el hombre tendrá millares de millones de minutos colectivos, destinados a la reflexión de sí mismo, de su papel en el mundo, de una nueva cultura al alcance y obra de todos. El ocio creador figurará en todos los programas políticos y la perfección del hombre liberado del esfuerzo físico nos acercará más a la libertad colectiva, la única libertad posible... Los robots invalidarán la vieja maldición de "ganarás el pan con el sudor de tu frente" e impedirán la explotación y los beneficios a costa del sudor ajeno.»

Los robots también podían hundir sus zarpas eléctricas en las entrañas del Coll d'Ares y rescatar a la putrefacción una vieja pistola enmohecida y aquel librillo de tapas marrones en el que aparecía un Lenin romántico de ojos incisivos. El almacenista veía un futuro colosalista de Pirineos derribados y, entonces, por las grietas, aparecían sus viejos camaradas, milagrosamente jóvenes, como rescatados de una hibernación perfecta. Se abrazarían en pleno hervor terrestre y avanzarían, como las tropas de Aníbal tras los elefantes, tras los robots mientras cantarían aquellas hermosas canciones escritas con la sangre de sus veinte años:

el ejército del Ebro bumba la bumba la bumbambá
una noche el río cruzó, ay Carmela, ay Carmela
una noche el río cruzó, ay Carmela, ay Carmela...
y a las tropas fascistas, bumba la bumba la bumbambá...

Los robots, en cambio, desfilaban por la calle de Alcalá en perfecta formación y al llegar al palco presidencial volvían la cabeza y saludaban a Su Excelencia. Así los veía el sargento Rufino Vázquez y él marchaba al frente de la formación y lindas muchachas de la Sección Femenina, ataviadas con típicos trajes regionales, le lanzaban flores, y los pregoneros, situados sobre el último borde de la Torre de Madrid, gritaban:

> ¡Loor a Rufino Vázquez, forjador del Imperio,
> rescató los robots para el pueblo de Romaí!

«De España», se corregía *in mente* Rufino. Viejos y ciegos ancianos propagaban por las glorietas de Quevedo y de Bilbao que habían visto extraños signos en el cielo que auguraban tiempos de esplendor para Roma... «Para España», volvió a corregirse Rufino... Siete aviones a reacción, como los siete infantes de Lara, habían trazado en el cielo un escudo donde aparecía un león rampante sobre campo de gules y el león había rugido y se había desatado una tormenta de rayos y lluvia sobre el desfile de robots, mientras de una cafetería de la calle Princesa salía la voz estrangulada de un emocionado poeta, director general de Juegos Florales, que recitaba:

España es la patría mía y la patria de mi raza
mira hacia el Nuevo Mundo y al Viejo vuelve la espalda.

El viejo padre de Rufino aparecía en lo alto, como visto desde el fondo de un pozo, y gritaba para quien quisiera oírle:

—¡Éste es mi hijo Rufino Vázquez, Vázquez como su padre..., es el hijo de mi alma...!

Doña Luz comprobó cómo la irrupción de los

robots derribaba las casas del pueblo, la iglesia, la escuela, la fábrica... Los robots arrancaban con furia diabólica la carretera y quedaba un paisaje limpio en el que doña Luz corría. De pronto, doña Luz veía a su marido en brazos de un robot.

—Maestrito, maestrito mío... ¿Dónde vas tú tan bonito?

—A la feria verdadera, pin, pon, fuera.

Contestaba el maestro, alegre y excitado.

—Se me llevan, Luz.

—Adiós.

—¿Sabes adónde me llevan?

—A la Caja de Ahorros.

—Quizá —contestó el maestro, pensativo.

Pero ya el robot se apartaba de doña Luz y el maestro empezó a alterarse y a patalear:

—¡Luz...! ¡Luz...! ¡Ven! ¡Te necesito!

¡Que te den morcilla malagueña!

—¡Luz...! ¡Luz...!

Sonaba lejana la voz del maestro. Y, de pronto, ya lejos, el robot lo alzaba y con sus dos poderosas manos tiraba de cada una de sus piernas y rasgaba al maestro como si fuese un trocito de esparadrapo. Doña Luz chillaba loca de alegría y cantaba:

> Yo te diré por qué mi canción
> te llama sin cesar
> me falta tu risa, me faltan tus besos
> me falta tu despertar.

Don Avelino Almirall se sentaba en la mesa redonda con Dardé y se desabotonaba el chaleco. Las negociaciones ya duraban horas y Dardé no cedía.

—Le voy a decir a usted lo que un patricio catalán dijo en el transcurso de aquellas reuniones de las que salieron las universalmente conocidas Bases de Manresa. Hoy usted, mañana nosotros.

Dardé no se inmutó.

—Y aún le diré más. Le diré lo que contestó Roger de Lauria a un príncipe bizantino que le pedía, con lágrimas en los ojos..., ¿oye?, con lágrimas en los ojos..., que respetase la vida de los cortesanos que habían participado en el asesinato de Roger de Flor. Le dijo, con voz feroz, almogávar: «Él mismo se ha condenado.»

Dardé parpadeó.

—¿Y qué decir de aquella frase célebre pronunciada por Carlos Buenaventura Aribau cuando *Lo gaiter del Llobregat*..., por si usted no lo sabe, *Lo gaiter del Llobregat* es el *prerrenaixentista* Rubiò i Ors... Pues le dijo cuando Rubiò hacía un elogio exaltado de la *Oda a Barcelona*: «*Sese paratos esse imperatoris sui tribunorumque plebis injurias defendere*, porque se acercan tiempos difíciles...» Pues bien, señor Dardé, en nombre de esos tiempos difíciles, yo le pido, le suplico, como debió suplicar aquel venerable obispo cuando los galos se acercaban a Roma..., o no, no podía ser..., los galos..., los galos..., *Gallia est omnia divisa...*, no, ¡qué lapsus!, los godos..., los ostrogodos...

Don Avelino Almirall sonrió suficiente, como disculpando su saturación cultural.

—En fin, señor Dardé, ya nos entendemos... ¿Cede usted los robots a la noble causa? ¿Hará todo lo posible para que si los robots hablan alguna lengua la primera que aprendan sea el catalán?

Mientras tanto, los robots habían penetrado en la tienda del Noi y se comían grandiosas piernas de vaca, mientras la esposa del Noi les servía vino y el carnicero comentaba como hablando para sí:

—¿Veis, chicos? Si trabajarais en mi establecimiento cada día comeríais así, y hoy día comer bien es importante. ¿Y el vino? ¿Qué me decís del vino? Me lo traen en garrafas del Panadés. Tengo allí una hermana casada con un aparejador municipal.

Los robots avanzaban sobre un prado azul anchísimo, larguísimo, espesísimo. Sobre sus corazas luminosas se movían blancas manchas convulsas. Pero los robots avanzaban hasta hacerse precisos bajo la luz. Los cuerpos desnudos de las muchachas parecían contagiados de la electricidad de sus raptores, pero era una electricidad dramática, efectista, humana. Los robots se acercaron al lecho blanco donde Tancio les aguardaba, aparentaba indiferencia, ni miró a las muchachas. Las muchachas desnudas se creyeron libres al ser depositadas en el suelo e intentaron huir, pero un magnetismo invisible las contuvo como una barrera infranqueable. Tancio se acercó a las muchachas y empezó a pellizcarles los pezones, que se endurecían al contacto. De pronto, los brazos de Tancio rodeaban a la muchacha más gorda, porque Tancio quería hacer sufrir a la más hermosa, una de las veraneantes que se bañaban en el río... En efecto, la más hermosa, despechada, se arrojó sobre Tancio y pegó su boca a la suya..., pero Tancio la apartó y siguió abrazando a la gorda... La más hermosa empezó a babear, transida, y recorrió con sus manos el pecho firme y velludo de un Tancio instantáneamente altísimo. Sobre un altozano, una mujer vestida con amplia túnica blanca domaba el azulado del mar de hierba con su grito. Morirá si no goza... Y se consumó el goce una y otra vez a la sombra protectora de los robots, viciosos del silencio, de herméticos brazos sin piedad.

«¿Tendrán un alma?», se preguntaba mosén Cardús. Quizá. Cuando los españoles vieron a los indios americanos muchos no creyeron que tuvieran alma. Teólogos hay que afirman que los animales pueden tener alma, no un alma humana, claro está. ¿Tendrán alma los robots? Y si la tuvieran, Señor, qué hermoso remate a mi vida. Les convertiría a la Verdad. Les haría sentar en el bosque de Robles, sobre el césped, y yo, en el centro, introduciría en sus fríos cerebros el mensaje de amor del

Gólgota. ¿Amáis a Cristo? Amad a Cristo. ¿Sois de la Virgen? Sed de la Virgen. Admirad la caridad de Cristo y la pureza de la Virgen. Y así, uno y otro día... Se portarían bien. ¿Y si se portaran mal? Se quedarían sin corriente eléctrica durante dos o tres días, cuatro en casos excepcionales. Y luego, ya convertidos, organizaríamos una romería a pie hasta Montserrat, donde seguro que nos esperaba el Nuncio de Su Santidad. Aquí están, mis criaturas, reverendísimo... ¿El tratamiento del Nuncio es reverendísimo...?, aquí están mis criaturas... «Levántese, monsén Cardús, nos es muy grata su labor... En Roma se habla de usted, y se habla mucho...» «¿En Roma...? ¡Oh..., reverendísimo..., no soy digno..., en mi humildad...» «Alce la frente, mosén Cardús, es usted uno de los hijos más dignos de la Santa Madre Iglesia...» «¡Oh, reverendísimo, y esto aún no es todo...» «¿Más, mosén Cardús? Dios te proteja, hijo mío, vas a dejar la vida...» «¡Oh, no, reverendísimo!, Dios me da fuerzas...» «¿Qué más, qué más, mosén Cardús? Se me escapa el avión y esta noche quiero estar en Roma para prepararle un digno recibimiento...» «¿Yo en Roma? No soy digno...» «Lo sois...» «No sé si debo...» «Debéis...» «Iré, pero de incógnito...» «Su gloria es la gloria de la Santa Madre Iglesia...» «Así sea...» «Así será. Decid, buen sacerdote, ¿qué más?»

«No sé si debo...» «Debéis...» «Pues bien...»

«¿Qué...?» «Los robots...» «¿Qué?» «Me han arreglado el campanario...»

Los robots, con una extraña fuerza en sus piernas, pateaban la carretera de Olot e implacablemente la dejaban terminada en tres días. El alcalde cogía el coche de línea y se apeaba en Olot. En Olot cogía otro coche de línea y hasta Gerona. Llegaba a Gerona, se tomaba un café con leche y un croisant en una cafetería situada junto a la estación y buscaba un taxi. Una vez en el taxi, el alcalde decía al taxista: «al Gobierno Civil». Llegaba al Gobierno Civil... «¿Señor alcalde de...? Espere un momento, Su Excelencia está ocupadísimo, problemas turísticos, unos franceses han parodiado sacrílegamente una procesión en San Feliu de Guíxols... Señor alcalde de..., el gobernador le espera.» «Excelencia.» «Señor Alcalde.» «La carretera de Olot es una obra perfectamente acabada.» «¿Cómo?» «¡No doy crédito a lo que oigo!» «Dé Su Excelencia crédito.» «¿Cómo ha podido ser?» «La fe de un pueblo.» «¡Qué problema!» «¿Problema?» «Sí, yo pensaba inaugurarla el 18 de julio de 196... y..., en fin, ya lo sabe usted.» «Pero lo malo es que el 18 de julio de este año ya ha pasado...» Silencio. Paseos. «Si Su Excelencia me permite...» «Diga, diga, eficiente alcalde.» «En vida suya, gracias.» «De nada, de nada, diga, diga.» «En octubre hay una festividad que podría servir.» «¡Excelente, señor alcalde!» La inauguraremos en octubre y haré todo lo que esté en mi mano para que sea usted nombrado conde de Ull de Ter.» «¿De Ull de Ter, Excelencia.» «¿No le gusta?» «Conde del Ter.» «Sea. Conde del Ter...»

El maestro reunía a los robots en una clase y les hablaba de un mundo nuevo. Los robots serían la garantía de la urbanidad y la buena crianza. Millares y millares de robots vigilarían el mundo bajo el mando directo del Colegio Universal de Maestros de Primera Enseñanza. En las calles vigilarían el tráfico y en las esquinas impedirían que la gente dijera blasfemias y que las parejas de novios se besaran. También patrullarían los robots por las azoteas y sorprenderían a esposas adúlteras en pleno adulterio: sólo en este caso estaban autorizados a matar, pero con educación, con principios y lecturas graduadas. Debían apresar a la pareja adúltera y hacerle reconvenciones morales hasta que la pareja confesara sus errores. Luego cubrirían su desnudez y les colocarían frente a la ventana para que vieran el mundo que iban a dejar, como una última voluntad supuesta. Y, a continuación, los robots les lanzarían una descarga eléctrica, preludio del castigo eterno. Un robot levantó un dedo.

—Hable, hable usted...

—¿Y si el adúltero es el hombre?

El maestro sonrió ampliamente y sin vacilación condenó:

—También. Más aún.

Los robots también vigilarían en las casas particulares durante las comidas e impedirían que los comensales se sentaran a la mesa sin lavarse las manos o que hicieran ruido al masticar. Un cuerpo especial de robots comprobaría con una precisión electrónica la parte de población no culturizada, es decir, que no supiera leer, escribir, las cuatro reglas, el catecismo superior y las Leyes Fundamentales del Movimiento. Los exámenes de la población serían periódicos y las penas: descargas eléctricas suaves, más intensas, intensas, intensísimas. Otro robot levantó un dedo.

—¿Hasta la muerte?

—No —replicó el maestro con un nuevo brillo en los ojos—. Hasta la idiotez eterna que se ha merecido el culpable. Vosotros seréis mis instrumentos de la eugenesia moral y cultural de la humanidad.

Otro robot, disciplinadamente, alzó un dedo.

—¿Y si los interrogados saben demasiado?

—Entonces, según. Los excesos tampoco son loables. Además de lo ya especificado, un ser humano puede saber: Ciencias Teóricas y Aplicadas, latín, diversas técnicas en diversos grados, griego, lenguas modernas (con la excepción hecha del ruso, el chino y el español con acento cubano). En fin, cada robot sabrá medir hasta dónde puede ceder, hasta dónde puede aceptar la erudición de los interrogados, siempre y cuando no se oponga a los principios de la Ley Natural, las Verdades Reveladas y los designios formulados por el Colegio Universal de Primera Enseñanza.

Terminaba la sección de ruegos y preguntas y el maestro pasaba a la siguiente asignatura: Deontología y Moral Profesional.

Y en la «bocaza» los robots proseguían su danza fantástica. Sólo un tejado del pueblo parecía oscurecido, como no participante del hervor electrónico. Era la casa de Elvira, la viuda del arriero, patrona del «jaenero». Doña Elvira había sentido aquella tarde una punzada en el costado y se había quedado sobre la colcha de su cama nupcial, con la mano arrugada y rojiza pegada al cuerpo, como un talismán. Las sombras entraron por el balcón que daba a la plaza del Centro y danzaron lentamente sobre los ladrillos pálidos. Poco a poco oscureció el rincón donde sollozaba eternamente una Virgen de los Dolores entronizada y acristalada. Los ojos de Elvira miraban sin ver hacia aquel rincón. Quiso gritar para que alguien acudiera en su ayuda. Pero de la calle llegaba un rumor total que lo llenaba todo. Intentó levantarse, pero sólo consiguió ladearse más y caer de bruces sobre la colcha. Su mano seguía pegada al costado y así quedó dormida.

El «jaenero» le apartó la mano y ella se resistió. Ya era noche cerrada y el hombre maniobró con doña Elvira hasta dejarla echada sobre la cama con la cabeza sobre la almohada. Fue al bar a comprar un lápiz Termosán para que Elvira se lo pasase por el punto doloroso, por si era un mal gesto. Pero nadie había en el bar. Todo el mundo estaba en todas partes y no estaba en ninguna. El «jaenero» cogió un lápiz Termosán del aparador de los medicamentos y volvió junto a doña Elvira, que repetía en catalán:

—Me muero, me muero...

—Quite ahí, mujer.

—Me muero..., me muero... Oigo cosas raras. La gente parece loca.

El «jaenero» apenas entendía el catalán, pero entendió las palabras «oír», «gente» y «loca».

—Sembla «bocha» si la «chent»...

—Loca, loca...

Y el «jaenero» se sentó junto a la cama de doña Elvira, que permanecía despierta en la oscuridad. El «jaenero» dormía diez minutos después. Quince minutos: doña Elvira estaba muerta.

El almacenista subió a la tarima de la escuela y con un amplio ademán señaló a los veraneantes sentados en las sillas y mesas de la derecha.

—En representación de la colonia veraniega opino que es preciso formar una comisión e ir a hablar con Dardé. Vivimos horas trascendentales.

—Horas decisivas.

Corrigió el sargento de la Guardia Civil. El alcalde y el sargento estaban algo nerviosos. Habían cruzado unas secretas palabras entre sí antes de acudir a la reunión convocada por la colonia.

—Esa comisión deberá ser elegida democráticamente.

—Según.

Interrumpió mosén Cardús al almacenista.

—¿Según qué?

—Según lo que entienda usted por democracia.

—Sufragio universal. Ni más ni menos.

—Yo propongo que voten los mayores de edad que sepan leer y escribir.

Interrumpió una voz que nadie se esforzó en identificar.

—Propongo —insistió el almacenista— que haya una votación masiva.

—Las votaciones masivas llevan en su seno el caos y el Frente Popular.

Cortó mosén Cardús.

—De Frente Popular nada de nada.

Advirtió el sargento.

—La democracia es la democracia.

El viajante de Tarrasa comentó al oído de su esposa:

—Yo me voy, empiezan a hablar de política.

—Sí, Jordi, vámonos, no te metas en líos. Recuerda que un hermano de papá aún está en México.

—Además, los asuntos del pueblo son los asuntos del pueblo.

El hijo del almacenista se puso en pie bruscamente y le secundaron dos o tres veraneantes politizados.

—Queremos explicaciones. ¿Qué quiere decir eso?

—Quiere decir —dijo el alcalde, tajante— que el caso Dardé afecta exclusivamente a los miembros de esta comunidad..., a los miembros que la integran... todo el año —recalcó—, todo el año.

—¡Nosotros somos el turismo interior! ¡Contribuimos a enjugar el déficit nacional!

—Dígale usted a su hijo que no grite o me veré obligado a hacer uso de la autoridad que me confiere mi cargo.

—Cállate, Espartaco.

—No me callo, papá. La verdad es la verdad.

El alcalde golpeó la mesa con el puño.

—Basta. Hablar con corrección o no hablar. Ésta es la cuestión.

—¡Eso!¡Eso!

Apuntó el maestro, que estaba calculando la cantidad de robots precisa para controlar una asamblea democrática.

—Hablen con el espíritu —chilló doña Luz, histérica—. No con la boca.

Se hizo un espeso silencio. Los cerebros investigaban la aplicación práctica de la sugerencia de doña Luz. El silencio proseguía hasta que sonó ronca la voz del estudiante.

—El espíritu es la capacidad de entender.

—Según, chico, según.

Intervino el viajante de Tarrasa, al que su mujer tiraba de la manga. Venció la resistencia de la mujer y el viajante se puso en pie.

—Yo no estoy de acuerdo con este chico. El espíritu, a veces, yo no digo siempre..., pero a veces el espíritu es..., el espíritu... Ni más ni menos. ¿Podemos hablar de cosas espirituales? ¿Eh?

La mujer del viajante dejó de importunarle y miró satisfecha los rostros de los concurrentes. Es muy listo mi Jordi. Lástima que se le muriera el padre y no pudiera acabar la carrera de intendente mercantil.

—Bueno —cedía el almacenista—, descartemos el sufragio universal, puesto que no es una cuestión de principio para todos. Formemos una comisión representativa de sectores.

—Explíquese.

Pidió amablemente el guardia civil.

—Pues podemos integrar por una parte a elementos natos: es decir, las fuerzas vivas... Ustedes, el señor alcalde, usted, el señor párroco. Por otra parte...

—¿Y yo?

Se alzó el maestro, lívido.

—¿Y yo?

—Usted también, claro... Por otra parte representantes de la colonia veraneante..., de los comerciantes..., de los obreros de la fábrica...,, de los campesinos..., de los inmigrantes...

—¿También los inmigrantes?

Preguntó don Avelino Almirall.

—Es potestativo...

Empezó a decir el maestro.

—Señores...

Cortó en seco la voz del alcalde.

—Señores. La decisión está tomada. Lo siento. Tanto el sargento como mosén Cardús, el maestro y un servidor, hemos acordado que el caso Dardé es un caso exclusivo de la comunidad. Por lo tanto, sintiéndolo mucho, los veraneantes no pueden decidir nada. Es más. Les rogamos por las buenas que abandonen el pueblo antes del anochecer.

Y se pusieron los cuatro en pie. El alcalde, el guardia civil y el maestro, abandonaron el estrado y salieron del local. Mosén Cardús se quedó y consoló a los admirados e indignados veraneantes.

—Resignación. Hemos obrado así no por soberbia, sino porque lo hemos considerado adecuado al bien común.

El viajante era el más indignado.

—Ha sido una cosa muy fea. Sí, señor. Muy fea.

—Jordi, Jordi.

—Calla, mujer, calla. A mí no se me hace una cosa así. Yo paso mi tarjeta a las principales industrias del país y me reciben señorones..., ¿entiende?, señorones... Y curas más importantes que usted. El otro día vendí una partida de género a un hospital de Oviedo y el director es un canónigo. ¿Oye? Esto a mí no se me hace, no se me hace. Tengo la tarjeta de viajante más acreditada de España. Comisiones al veinticinco por ciento. ¿Quién gana comisiones a un veinticinco por ciento?

—¿Usted confía en mí?

Preguntó mosén Cardús.

—Ah, eso siempre, pero su comportamiento me ha herido, qué quiere usted que le diga...

—Confíe en mí.

Y mosén Cardús salió de la escuela sonriente y triunfador, deseoso de que alguien le besara la mano para redondear el mutis.

Inmediatamente los veraneantes organizaron la partida. El estudiante pretendía quedarse, pero su padre hizo inviable el propósito al anunciarle que se llevaría el coche y tendría que volver a Barcelona en tren.

Los motores de los automóviles hicieron algunas bravatas ruidosas y el viajante dio el viraje de un solo tirón, como un tajante desafío al pueblo ingrato. Las maletas se elaboraban con precisión de expertos. Don Avelino Almirall pasó sus dos pulgares de las extremidades superiores por los tirantes y los hizo estallar sobre su estómago.

—Ha sido humillante. Al menos antes de la

guerra uno hablaba con caballeros. Una palabra era una palabra. Una firma era una firma. Hoy...

Y partió.

Al llegar a la curva de la carretera que cierra la visión del pueblo, don Avelino Almirall salió del coche y se acodó sobre la balaustrada del Ter. Pasó el coche del almacenista y tocó el claxon. Se detuvo unos metros más abajo de donde Almirall había aparcado su coche. El almacenista y su hijo se acodaron junto al anciano.

—Cuánta historia llevan las aguas de ese río. Ha nacido unos kilómetros más arriba. Las aguas de un río son siempre las mismas. Heráclito se equivocaba. Mire usted. Aún podrá ver con el recuerdo las pistolas que tiró durante la retirada...

—Aquí tiré un macuto viejo.

—Macutos viejos. Siga mirando. En las aguas puede usted leer y recordar..., recordar. La gente hoy día sólo piensa en el minuto siguiente y en poseer cosas, no importa qué... Que se queden con sus robots. Son tan imbéciles que no sabrán qué hacer. Antes de la guerra, entonces.

—Unos metros más arriba vi desde el coche a una muchacha. Llevaba un cántaro en la mano. Paramos y ella se asustó. Le pedimos agua y nos dejó el cántaro. Su novio estaba aguantando el frente en Barcelona, nos dijo... «Ya no hay frente de Barcelona... Tu novio volverá pronto...» Se fue corriendo y nos dejó el cántaro. Estaba muy alegre.

—¿Y qué hizo usted con el cántaro?

—Lo tiré al río. ¿Se imagina usted el cuadro? Llegar a Francia y explicar a los senegaleses qué era un botijo.

—Cosas veredes... Cosas veredes... Era la frase preferida de Sirera Camprubí... ¿Conocía usted a Sirera Camprubí?

—Ha sido imposible —dijo el alcalde, y se dejó caer en el primer sillón que encontró.

El maestro le ofreció una taza de café y galletas de coco.

—Ese hombre está completamente loco. Me esperaba en la misma puerta de la casa y en cuanto me ha visto ha dicho: «La relación espacial de yuxtaposición implica una exterioridad mutua completa de los elementos estáticos...» Yo he intentado informarle de nuestro acuerdo, mejor dicho, de nuestros proyectos... Él ha insistido con palabras similares... Nada.

—Ha enloquecido.

—Señores, el problema excede a nuestras atribuciones y posibilidades.

—Yo no diría eso, señor maestro. Hay que buscarle el tiento por otra parte, eso es todo —opinó el sargento.

Fueron llegando espaciadamente algunos comerciantes e incluso dos propietarios importantes que tenían bosques y pastizales hasta en Camprodón y sobre La Vall del Bac. Se sentaron donde pudieron.

—¿Quién puede entenderse con Dardé?

—Un intelectual, digo yo... Pero para eso ya teníamos al estudiante que hemos echado o al propio Almirall.

—Nada. Fuera.

—¿Y el señor cura o yo mismo? —preguntó suspicaz el maestro—. ¿Somos carniceros, acaso?

—¿Qué le han hecho a usted los carniceros?

Preguntó el Noi.

—Yo —opinó el cura—, con toda la franqueza de este mundo, no me atrevo... Hace muchos años que sólo abro el breviario.

—Yo, entonces.

—Tú calla —dijo doña Luz a su marido.

—Yo tengo estudios.

Insistió.

—Pero eres de un plan muy antiguo. ¿Qué sabes tú de electrónica? ¿De robots?

—Más que nada es una cuestión de lenguaje —opinó el cura.

—De lenguaje.

El pueblo entero se había congregado ante la escuela y la casa del maestro. Crecía el rumor y el alcalde consideró oportuno abrir las ventanas de par en par, con el fin de deshacer cualquier mal pensamiento.

—Estamos deliberando —gritó.

—¡Hay que ir a ver a Dardé! —gritaron dos o tres voces.

Un rumor afirmativo respaldó la proposición. En el comedor del maestro se había impuesto un silencio total. Doña Luz salió a la calle y se mezcló entre el pueblo.

—¿Qué pasa, señora? ¿Qué pasa?

—No pueden entenderse con el profesor. Habla otro idioma.

—¿Qué idioma: francés, inglés...?

—No, es el idioma de los sabios.

—¿Y cómo es ese idioma?

—Un idioma delicado en el que cada palabra sólo puede querer decir una cosa y sólo puede estar unida en un sentido a la palabra de al lado.

—¿Y hace falta estudiar mucho para aprender ese idioma?

—Mucho. Cada vez más.

—Tancio estudia y es un chico muy aplicado.

—¿Tancio?

Los rostros se volvieron y se enfrentaron; luego, cabecearon entusiasmados.

—¿Cómo no se les ha ocurrido? Tancio, eso es.

A doña Luz le brillaban los ojos.

—Tancio. Tancio podrá.

—¡Es absurdo —gritó el maestro desde la ventana—. Yo tengo más estudios que él.

—¡Tú eres de un plan antiguo! —volvió a gritarle su mujer.

—¡Usted es de un plan antiguo! —gritaron convencidas las masas xenófobas e indonesias.

—¡Tancio es un moderno!

—¡Tancio sabrá!

—¡Absurdo, absurdo! —gritaba el cura.

Coincidieron en la ventana el cura y el maestro. El alcalde intentó salir a imponer la razón y el sargento marchó hacia el cuartelillo a movilizar a la pareja de guardia, por si acaso.

—¡Tancio es un moderno!

Doña Luz, enardecida, se subió a un poyo de la plaza del Centro y arengó a las masas xenófobas e indonesias.

—¡Ya sabéis el nombre: Tancio! ¡Él hablará con Dardé! ¿Qué queréis pedirle?

—¡Un mozo para mi finca! ¡Que los muñecos abran un canal por la Cisqueta! ¡Que los muñecos hagan viviendas en la Creueta! ¡Que bailen los muñecos! ¡Que los muñecos canalicen el río! ¡Un muñeco para ordeñar vacas! ¡Un muñeco para traer la leña de Set Casas!

—¡Ahí llega Tancio!

Llegaba Tancio, escoltado por el Noi y por su madre. El Noi cogió al muchacho por los codos y lo alzó como si fuera un cabrito. El pueblo aclamó a Tancio.

—¡Tancio es un moderno!

—Tiene cuatro cursos de bachillerato —aclaró su madre a una payesa que se interesaba por las causas de la popularidad de su hijo—. Y no sabe los sacrificios que nos ha costado.

—Los libros cuestan mucho dinero.

—Mucho, sí, señora. Y ya ve usted, su padre y yo, unos trabajadores...

—¿Payeses?

—No. Obreros... Sí, señora, obreros.

—¡Tancio es un moderno!

—¡En marcha! ¿Qué esperamos?

El cura y el maestro salieron corriendo e intentaron contener a la manifestación. El alcalde, en cambio, se mezclaba pensativo entre los grupos.

—Pero ¿qué hace usted, señor alcalde? ¡Es una locura!

El alcalde, súbitamente inspirado, se adelantó a los grupos y gritó:

—¿Qué esperamos? ¡Tancio, en marcha!

—¡Viva el señor alcalde! ¡Viva Tancio!

El cura y el maestro siguieron a la manifestación renqueando. Doña Luz, Tancio, el alcalde y el Noi iban en primera línea y braceaban. Al llegar al cruce de la carretera y calle Mayor con la carretera de Olot, les hizo frente el sargento y una pareja.

—¡Alto! ¡Disuélvanse!

—Un momento, don Rufino —dijo el alcalde—. Yo respondo por el pueblo y para mayor garantía le ruego que usted, haciendo uso de su autoridad, nos escolte hasta la casa de la Señorita.

—Si es así, en paz y orden, por mí no hay inconveniente.

—¡Viva la Guardia Civil!

—Esto me recuerda la toma de la Bastilla —cuchicheó en la oreja del cura el alarmado maestro.

—Peor. Mucho peor.

Iniciaron el ascenso por la carretera de Olot y doña Luz empezó a cantar:

Juventud primavera de la vida
español es un título inmortal
si la fe del creyente te anima
tu valor la victoria te dará...

Los chicos secundaron la canción y algunas lágrimas histéricas asomaron a los ojos de Tancio. Su madre caminaba inmediatamente tras él y le tiraba de la mano para que se volviera y le dijera algo. Pero Tancio caminaba inmerso en su destino próximo. Mosén Cardús aprovechó una pausa en el cantar para iniciar con su voz antigua el *Virolai:*

Rosa d'abril, morena de la serra,
de Montserrat estel,
illumineu la catalana terra...

La mujeres cantaban. Un chicuelo que se atrevió a gritar: «¡Tararí, tararí..., Carlos Quinto entra en Madrid!», casi fue abofeteado por mosén Cardús.

—¿Qué quiere decir?

—Es un chiste verde —informó el cura.

La comitiva se encontró con una brigada de «jaeneros» que trabajaban en la carretera. Se apartaron para dejarles paso.

—¿Está el señor ingeniero?

—No. Está en Barcelona.

Un «jaenero» se quitó la boina y se acercó a mosén Cardús.

—Le estaba buscando un compañero, Pérez Larios... Se ha muerto su patrona, doña Elvira, la del arriero.

—¡Santa mujer! En cuanto esto acabe iré.

Los «jaeneros» vieron cómo se alejaba la comitiva.

—¿Vamos?

Preguntó uno de ellos, jovencillo y malcarado que se apostaba entre los cañizales del río para ver cómo se cambiaban de ropa las veraneantes.

—¿Qué se te ha perdido? ¿No ves que es un Vía Crucis?

Doña Luz hizo un gesto imperativo a unos cincuenta metros de la casa de la Señorita y se dirigió a Tancio.

—Tancio, hijo... En ti confiamos.

—¡Sí, sí! ¡Tancio es un moderno! ¡Pídele muñecos! ¡Los muñecos para el pueblo!

—¡Y para Dios!

Intentaba imponer mosén Cardús. El maestro sonreía pensando en su plan secreto. Nuevamente en marcha, la casa de la Señorita se fue agrandando y se balanceaba en el paisaje como un dolor o una angustia o un miedo en el estómago.

—Preparados por si el chalao ese intenta algo —dijo el sargento a la pareja.

La pareja descolgó el fusil del hombro y se adelantó ligeramente a la comitiva. Veinte metros y llegarían ante la puerta. Pero allí estaba Dardé, alto, con sus pantalones de pana y su zamarra de ante, sus manos delgadas y largas fijas sobre los dos laterales del marco de la puerta.

—¡Un último intento! —gritó el alcalde—. Dejadme un último intento.

Se adelantó seguido de la pareja de guardias y se detuvo a cinco metros de Dardé.

—Profesor, este pueblo viene a hacer una oferta sobre sus robots.

Dardé musitó algo que nadie oyó.

—Se lo ruego, profesor, una oferta, una buena oferta.

—¡Lo que quiera! —se alzaron algunas voces.

Dardé volvió a decir algo. El alcalde se encogió de hombros y se volvió hacia su pueblo.

—Tancio, es la tuya.

El pueblo avanzó e hizo avanzar a Tancio, que sentía sus piernas como ajenas y un mareo total en el pecho.

Quedaron frente a frente Tancio y Dardé y el profesor le miró con extrañeza. Miró luego a la concurrencia de la que partía algún grito de ánimo:

—¡Va, Tancio! ¡Díselo!

Tancio se volvió y ante sus ojos sólo aparecieron los blancos brazos de doña Luz, su desnuda garganta y los ojos llorosos de su madre. Tenía en la cabeza un montón de rotos recuerdos, de pequeñas angustias y temores. Recordaba de pronto un miedo infantil que creía superado. Le habían enseñado el modo de resolver raíces cúbicas y no acababa de entenderlo. En la oscuridad de su cuarto llorando toda la noche porque dos días después cambiarían de lección y nunca más volvería a estudiar raíz cúbica y nunca sabría extraer raíces cúbicas. Todo su futuro se desmoronaba. Como si en la construcción de un edificio no se construyese el segundo piso y al llegar al noveno se cae en la cuenta y se derrumba la construcción. El edificio de la cultura como redención de una larga tradición de siervos de la gleba, jornaleros, peones, obreros industriales y capataces, podía derrumbarse porque un piso, uno más, pero básico del rascacielos, era la raíz cúbica y después ya la contabilidad: interés, descuento, aligación y el álgebra... Ahora ya estaba acercándose a la trigonometría... Y el padre hojeaba los libros con satisfacción y contaba en la fábrica: «Mi hijo ya está en la trigonometría.» Se acercaba el final. La lista de reyes godos y el mundo será tuyo.

Se acercó un paso a Dardé y el murmullo creció como un alambre de espino situado a su espalda que le impedía el retroceso. Dardé miró extrañado al muchacho y dijo:

—Narrar algo quiere decir en efecto tener que decir algo especial y particular y precisamente esto es lo impedido por el mundo administrado, por la estandardización y la siempre igualdad. Ya antes de cualquier proposición ideológica por su contenido, es ideológica la mera pretensión del narrador que supone que el curso del mundo sigue siendo aún esencialmente un proceso de individuación, que el individuo puede aún llegar con sus mociones y sentimientos hasta tocar el destino, que la interioridad del individuo es aún capaz de algo.

Tancio creyó tener la bola del mundo en su garganta. La bola del mundo le empujaba la lengua, pero no controlaba la lengua en su punta y allí la lengua se movía loca, buscaba los labios, los dientes, el paladar, buscaba en suma las palabras... Dardé continuó:

—Desde siempre y especialmente desde el siglo XVIII, desde el *Tom Jones* de Fielding, la novela tuvo su verdadero objeto en el conflicto entre los hombres vivos y las petrificadas relaciones. La misma alineación se convierte así para la novela en medio artístico. Pues cuanto más extraños se han hecho los hombres, los individuos y los colectivos, los unos a los otros, tanto más enigmáticos se hacen los unos a los otros y el intento de descifrar el enigma de la vida externa, el verdadero impulso de la novela, se trasmuta en el esfuerzo por la esencia, la cual aparece por su parte sobrecogedora y doblemente extraña, en la extrañeza sólida y cubierta de convenciones.

—¡Di algo tú, Tancio...! ¡Dile algo a ese abusica!

Gritaba el chico de Calgrós.

Tancio se decidió y se afirmó sobre sus pies frente al altísimo Dardé. Abrió la boca el muchacho y dijo:

En 1152 el rey Balduino III se hizo con el poder. Graves problemas tenía ante sí el joven príncipe, como ya hemos dicho y como ya veremos más adelante, fue un valiente jefe guerrero y un hábil diplomático. Arrebató a los egipcios Ascalon. Estaba realizada la anexión de la Siria musulmana. En 1158 ayudó a los nobles de Antioquía a recuperar Harim. Casó con la princesa bizantina Teodora Commeno...

Se detuvo ante la estupefacción general.

—¡Sigue, sigue! —gritaba el maestro y apuntó—: A Balduino III le sucedió su hermano Amory...

—Amory... Amory... ¡Ah, sí..., Amory! (1162-1174). Personalidad poderosa. Amory orientó la

Cruzada hacia nuevas vías: inició la cuestión de Egipto...

—¡Háblale de los muñecos! ¡Tancio, háblale de los muñecos!

—En Egipto, estaba en completa decadencia la dinastía árabe de los Fatimidas.

El muchacho se detuvo y aclaró a Dardé:

—El hijo de Amory es Balduino IV.

Dardé lo corroboró con la cabeza.

Animado, Tancio prosiguió:

—Era un adolescente lleno de cualidades, pero desgraciadamente contrajo la lepra. Tuvo un hábil consejero en el conde Raimundo de Trípoli y se propusieron favorecer la unidad musulmana para oponerla como fuerza de choque al avance de los pueblos orientales. Pero corroído por la lepra, el heroico Balduino IV murió el 15 de marzo de 1185. Proclamaron rey a su sobrino, Balduino V, un niño de cinco años de edad. La corona pasó a su tía, la reina Sibila.

—¡Los muñecos! ¡Los muñecos!

El Noi y dos o tres más se acercaron a Tancio y le dijeron en voz baja:

—Y los muñecos esos, ¿qué?

—Paciencia..., ahora... —dijo Tancio, enérgico.

—... Después del desastre de Hattin, el reino de Jerusalén estaba perdido...

—En la trascendencia estética se refleja el desencanto del mundo —cortó Dardé—. Apenas halla cabida todo eso en la consciente consideración del novelista, y hay motivo para suponer que cuando realmente lo halla como, por ejemplo, en las novelas de Hermann Broch, de tan amplia intención, ello no favorece precisamente lo artísticamente formado. Más bien ocurre que las transformaciones históricas de la forma se convierten en idiosincrásicas resceptibilidades de los autores, y lo que esencialmente decide de su rango es el alcance en que funcionan como instrumentos de mensuración o criterios de lo exigido y lo repelido. Nadie ha superado a Marcel Proust en cuanto a receptividad para con la forma de la información fáctica.

—¡Los muñecos! ¡Los muñecos!

El Noi se adelantó a Tancio y le dijo a Dardé:

—¿Me conoce? Soy el carnicero. Venimos a ver si usted nos vendería sus muñecos. Son seis. ¿Cuánto? Los seis, venga, sin pensarlo... ¿Diez mil? ¿Veinte mil?

Dardé le miró extrañado y sus ojos desbordaron las lentes por los lados. Desvió la mirada hacia las montañas de donde llegaba un débil ruido como de aguas precipitadas en torrentera. Dijo:

—Cuanto más rigurosamente se mantiene el realismo en la exterioridad del gesto del «así fue», tanto más se convierte esta palabra en un mero «como si»...

—¡Nos está tomando el pelo!

Gritó el Noi y se volvió hacia su pueblo. Su poderoso brazo arquitrábico apuntó a Dardé y lo señaló como Pilatos a Cristo.

—¡Se pasa de listo!

Las masas indonésicas y xenófobas avanzaron. Dardé seguía en pie sin inmutarse. De las montañas llegaba un sordo rumor, como el preludio de un terremoto. El Noi avanzó uno, dos, tres pasos. Se acercó a Dardé hasta tocarle. Entonces gritó como un histérico:

—¡A por los muñecos!

E intentó meterse dentro. En un segundo se mezclaron los siguientes hechos. Dardé salió despedido por un empujón del Noi, el pueblo avanzó en tromba, el sargento dio una orden y los dos guardias civiles cruzaron los dos mosquetones ante el pecho del Noi que se quedó a medio entrar en la casa, la madre de Tancio gritó el nombre de su hijo, Tancio echó a correr desandando el camino, doña Luz se lanzó con todo su poco peso contra los fusiles. «¡Señora!», gritó el guardia civil. «¡Luz!», gritó su marido... Cayeron dos mujeres al suelo empujadas por la inmensa mayoría que quería avanzar, retroceder, avanzar, retroceder, y sobre todas estas cosas algunos cuellos se doblaban y los ojos se protegían con una mano para mirar hacia el cielo, donde crecía como un alud el misterioso rumor. Crecía como las tormentas de otoño y los torrentes de marzo y abril, como un ruido total, el más total de los ruidos. Las voces ya no se dirigían hacia Dardé..., subían al cielo, interrogativas, sorprendidas. Mosén Cardús cayó de rodillas, doña Luz también. Sus almas habían comulgado la misma evidencia..., algo sobrenatural estaba a punto de ocurrir..., y de pronto, entre jirones de nubes y como broches de los azules, aparecieron puntos plateados seguidos de estelas de humo.

—¡Muñecos voladores! ¡Muñecos voladores! —gritaron algunos.

Seis, siete, diez, doce... Los puntos plateados se precipitaron hacia la tierra, se acercaban, se acercaban, podían verse sus ojos arácnidos y dilatados por la codicia. Gritos. Empujones. Las gentes iniciaron el descenso hacia el pueblo con toda la mecánica de sus piernas y su corazón..., el cerebro completamente lleno de ruido y terror eléctrico.

—¡Son aviones! ¡Son aviones! —gritaron voces.

Eran aviones y volaban a ras de las copas de los árboles más altos.

El sargento ordenó a la pareja que se retirara en retaguardia protegiendo la huida del pueblo, y que disparasen contra los aviones si se terciaba. Dardé, inmóvil, vio cómo se retiraba la gente y los aviones planeaban sobre el pueblo, sobre las montañas, se incrustaban en los valles como pájaros perdidos.

—¡La guerra! ¡La guerra!

El Noi corría ya no por la carretera de Olot, sino ladera abajo. Tropezó y su corpachón arrancó piedras y raíces de arbustos. Quedó varado junto a un canalillo. Al levantar la cabeza vio encañizados llenos de judías. Le asaltó una obsesión totalizadora.

—¡La guerra! ¡La guerra!

Se reincorporó y corrió a través del bosque de Robles. Volvió a caer al iniciar la pendiente hacia las serrerías y la casa de Calgrós. Le sangraban los brazos y tenía un corte en el vientre, producido por alguna piedra afilada. Cuando llegó al pueblo el aire estaba lleno de estampidos de puertas cerradas, como bofetadas contra las viejas y oscuras fachadas de piedra del río.

Corrió hacia la carnicería y por el camino oyó el repicar de campanas. Entró en su casa como un mal viento y arrancó del sopor a su mujer. La empujó hasta el huerto trasero y le dijo que cogiera una pala.

—¿A mis años?

—A tus años.

Empezaron a cavar. El estrépito de los aviones casi ayudaba a levantar las paladas de tierra. Fue abriéndose la fosa.

—¿Para qué, Noi? ¿Para qué?

—¡Tú calla!

Los brazos del Noi hundían la pala casi hasta el límite del hierro y la alzaban llena de tierra oscura que olía a lluvia y a caracol. Cavaron unos minutos y el Noi, con los ojos desorbitados, se metió otra vez en la casa gritando:

—¡La guerra! ¡La guerra! ¡Otra guerra!

Volvió con un saco de judías. Después, con dos de garbanzos secos, con butifarras, dos jamones, pedazos de lienzo. Su mujer le contemplaba como en un sueño.

—¡La guerra! ¡La guerra! ¡Otra guerra!

Y echó en la fosa todo lo que había traído envuelto y atado en lienzo y cuerda verde. Y volvió a repetir el viaje. Y le pareció pequeña la fosa, y siguieron cavando marido y mujer. Esta vez ella con más ánimos, ya conocedora de la situación. Marido y mujer musitaban a dúo:

—¡La guerra! ¡Otra guerra!

Los aviones se cruzaban una y otra vez y dejaron el cielo como un retícula de cuadros de humo. Los estruendos se acercaban y se iban sin interrupción y poco a poco se acumuló el ruido entre las casas y se fueron sumando ruidos hasta espesarse y formar una sustancia casi sólida. La Guardia Civil se había subido a los tejados y el sargento intentaba comunicar con San Juan de las Abadesas. El cielo parecía un muro blanco dispuesto a aplastar el pueblo. De pronto, los aviones se remontaron y volaron en formación de escuadrilla en uve. El que terminaba el ala de la uve se dejó caer y lanzó un chorro de humo rojo que fue adquiriendo la forma de una C.

Como ante una señal, los otros aviones se despegaron e iniciaron una extraña danza caligráfica con sus chorros rojos. Después de la C salió una correcta I en perfecta caligrafía inglesa..., y una R..., y una U y una S... El nombre «Cirus», en rojo, flotó en el cielo y los aviones, como chicuelos traviesos reprendidos, volvieron a volar en formación de uve. Pero, de pronto, de nuevo el del extremo volvió a las andadas y el chorro rojo inició otro nombre junto al de Cirus... Una M..., una A..., una C... M... A... N... U... S... Y volvieron a adoptar la formación.

CIRUS MACMANUS

rezaba el cielo como en un rótulo cósmico de publicidad extraterrestre. Los aviones orientaron su punta hacia el Oeste, pero, de pronto, viraron y avanzaron de nuevo hacia el pueblo. Bajaron. Se adhirieron casi a los tejados de pizarra y tejas careadas y empezó a caer una petalada lluvia de octavillas que lamieron los tejados, las fachadas y se posaron educadamente sobre las calles. Primero nadie se atrevió a tocar aquella lluvia amarilla, pero finalmente el sargento salió a la calle y cogió una hoja. Aparecía dibujada una muchacha en biquini y había letras, muchas letras. El guardia civil entró en la casa-cuartel a por las gafas y ante la expectación de su mujer y sus hijos observó concentradamente la octavilla que parecía una cautiva mariposa amarilla en su enorme mano de ex pocero.

Bajo el título: *Manifiesto consumista,* la muchacha en biquini sonreía y decía al lector en una inmensa «bocaza»:

Compren chinelas
de aluminio, barajas
de Iowa, cántaros
de pétalo de acanto
                    holoutarias
de plexiglás, decorativas
cenefas de gas butano,
cocinas, neveras, planchas,
patente Westinghouse
                    sombreros
de nieve artificial, pan
integral, verdes mariposas
de opalina, irrompibles
pañuelos de bolsillo
                    sopas
preparadas, insecticidas
sin dolor, vírgenes de sienes
                    moradas
y estremecidos discos de amor
my love, my dear, my love,
my dear, lea hasta entrada
la noche y en invierno viaje
hacia el Sur
          cien mil libros
de tesoros perdidos, barcos
hundidos en bahías anónimas,
Sociedad Limitada
                    sagrados

corazones portabolígrafos, pechos
de espuma de nailon, caspa
artificial, bisoñés de pecho
sobacos
de nácar de carey, sonrisas
de felpa indostánica, gatas
de Angora, hijos campeones
olímpicos, solares en la Vía
Láctea
y cartas de cosmonautas
dedicadas desde la galaxia
zumos
de frutos submarinos, barcos
de vela simulada, paneras
de abedul silvestre
caviar
de huevos de rana
ranas, muchas ranas
y críe sapos amaestrados
colibrís
licenciados en Lógica Matemática,
papagayos que ponen haches
correctamente
concanónigos de concatedrales
aceptarían
correspondencia con «nuevos curas»
compren
el porvenir en cómodos plazos
por venir
compren, señores, gran liquidación
fin de temporada.

El bombardeo de octavillas continuó durante algunos minutos. Después, los aviones remontaron el vuelo, adoptaron la clásica formación y desaparecieron hacia el Oeste. El ruido tardó en deshabitar las calles, las habitaciones, y aún permaneció escondido en grietas y rendijas, adherido al miedo en una identidad inseparable. La quietud recorrió temerosa el cielo del espacio geográfico del lugar y se dejó caer tan abrumadora como el estrépito anterior.

Pero no duró mucho.

Pocos oídos lo aceptaron de buen grado. Se oían músicas. Pero músicas extrañas. Músicas y voces que cantaban. Pero ni la música ni las voces eran domésticas. Parecían músicas y voces de película o de televisión y, concediendo mucho, de radio. Un amplificador repetía contra las montañas:

> ¡Ya llega, ya llega, ya desembarca
> bonito gorro playero de niño antiguo
> Utah, Minnesota, Oregón y Nebraska!

Y la música circense llamaba a la alegría, parecía abstraer el grito más viejo de la evasión: «Pasen, pasen, señores, pasen...» El grito que invita al cruce del Rubicón, al abandono de la máscara. La música crecía por la carretera general y, de pronto, el recodo empezó a vomitar figuras irreales, como un cuerno diabólico de la ilusión.

Pom, pom girls movían graciosamente su bastoncito y doblaban la pierna con elasticidad gimnástica. Ya se captaba desde el pueblo la ofensa de sus dentaduras blancas y de sus labios rojos como el betel. Sus gorros de soldado imperial francés mecían el penacho de plumas y seguían el ritmo de la *Polca del barril de cerveza* con sus bastoncillos de mando, blanquirrojos y llenos de cintas que parecían ser los fabricantes de la música.

Pero la música seguía detrás, sobre una carroza que imitaba una concha blanca en la que veinte músicos de Ohio componían una hermosa banda multicolor con sus mambos llenos de polígonos policrómicos y de nombres de bahías, puertos y barcos hundidos. También la orquesta sonreía y todas las bocas parecían masticar un único chicle, como todos los instrumentos se unían en la misma música y todas las *pom, pom girls* parecían una sola muchacha, inmensa y pletórica, alimentada con los más crujientes y jugosos bistecs de la tierra. El amplificador seguía hablando, pero aún no se veía. Detrás de la carroza de los músicos apareció otra carroza que imitaba las cataratas del Niágara. Fingían las aguas serpentinas multicolores sobre las que mantenían una pierna en alto doce muchachas rigurosamente seleccionadas por Mike Gladstone, promotor de Belleza y Obras Públicas. Las muchachas del Niágara cantaban una triste historia de amor de origen indio..., pero cuando llegaban al desenlace se ponían bruscamente de pie, la canción se animaba y la moraleja era la siguiente: Con desodorante MacManus el joven príncipe Nube Roja nunca habría abandonado a Flor de las Rocosas.

Pero ya la curiosidad descansaba en la carroza siguiente donde un payaso con un amplificador en la mano gritaba desde la puerta de un castillo de casi treinta metros de altura:

> ¡Ya llega, ya llega, ya desembarca
> húmedo de mares, delgado, carne blanca
> bonito gorro playero de niño antiguo
> Utah, Minnesota, Oregón y Nebraska!

Tras la carroza del castillo, circulaban cuarenta o cincuenta motocicletas que rodeaban a un sedán negro descapotable. Sobre el sedán viajaba Bobby Darin, quien nada más llegar a las puertas del pueblo se puso en pie, dinámico, y empezó a cantar el himno de la Gran Sociedad:... *The Great Society is against poverty...,* coreaban las *pom, pom girls...* Bob Darin saltó del coche sin dejar de cantar y empezó a acariciar a los primeros niños que salieron a la calle y a lanzar chicle a las personas mayores que asomaban por las ventanas la esquina de cabeza suficiente para exhibir la avanzadilla de un ojo: *The Great Society is against poverty...,* insistían las *pom, pom girls,* sin enfadarse...

—¡No, señores, no! —dijo riendo el voceador—. ¡No es Bob Darin El Anunciado! ¡Bob, no te enfades! ¿Cómo vas a enfadarte si me debes medio dólar?

Rieron la gracia las *pom, pom* y Bob Darin. Volvió a sonar el estribillo: *The Great Society is against poverty...*

—No, no. El Anunciado no es Bob Darin.

Las motocicletas las conducían altísimos muchachos disfrazados de Supermán. Dieron una ruidosa vuelta a la plaza del Centro.

—¿Saben ustedes quién soy?

Las gentes ya asomaban medio cuerpo por las ventanas.

—¡Mike Gladstone! ¡Promotor de Bellezas y Obras Públicas!

Rió Mike, Bob y las *pom, pom...* y otra vez... *The Great Society...*

—Pero ¿quién llega, señores, señoras..., señoritas..., señoritas..., señoritas..., ¡señoritas!?

Y entonces apareció vestido de vaquero el gran Elvis Priestley sobre una jaca blanca de bromúrico aliento. Elvis cantó una canción que venía a decir: «A veces paseo por los jardines de B. Franklin, B. Franklin me dice que te ha visto pasear con otro por allí, ¿has olvidado que te besé por primera vez en los jardines de B. Franklin? Recuerda esto, chica necia. Te esperaré cada día a las ocho en los jardines B. Franklin, si no vas a venir déjale el recado a

B. Franklin, que él..., él..., él..., no se mueve de su sitio.»

Mientras tanto, obreros especializados, del estado de Oregón, empezaron a montar un gran podio sobre el que se colocaron Mike, Bob, Elvis. Las *pom, pom* rodeaban el pódium y seguían doblando las rodillas y gritando obcecadas: *The Great Society is against the poverty...*

—Pero ¿quién llega? ¿Frank Sinatra? No, no, no... Frankie no vendrá porque también me debe medio dólar.

Esta vez las *pom, pom* no rieron, ni Elvis, ni Bob... Mike les miró, enfadado:

—Y vosotros no reís porque también me debéis todos medio dólar.

Parecía como si lo esperasen... Se echaron a reír...

—Y ya llega..., ¡ya llega Ann Margret!

Primero llegó un hombre disfrazado de buzo y provisto de un lanzallamas. Lanzó unas cuantas llamaradas y de entre el fuego surgió Ann completamente envuelta en un abrigo de martas. Apartó las martas y apareció vestida con un minúsculo *catchesexe* y dos pezoncillos de platino. El cura estuvo a punto de protestar, pero el coro de pom, pom volvió a su salmodia...

—¿Creen acaso que esperábamos a Ann? ¡No! ¡No! ¿A Bob? ¡No y no! ¿A Elvis? ¡No, no, no! Esperamos a...

Lanzó el cuerpo con el nombre y casi se cae del podio:

—¡Ciiiiiiruuuuuus Mac... Maaaaaaaaaanus!

Y un resplandor de dos mil bombillas de cien watios se abrió paso por la carretera. Sobre un jeep apareció un ancho y alto hombre vestido con levita y sombrero de copa. Se sacó el sombrero de copa y lo agitó en un práctico saludo colectivo al pueblo entero.

—¡Cirus! ¡Cirus! ¡Cirus!

Gritaban las *pom, pom girls...*

—Cirus is against poverty...! Cirus is the Great Society!

Cirus dijo que no con la mano, con una cándida sonrisa. De un salto, subió al podio y se metió dentro del abrigo de martas en compañía de Ann Margret. Mike agachó la cara hasta frotarla con las narices de los congregados y guiñó un inmenso ojo arrugado:

—Cirus is against Ann Margret...! A propósito... Usted, señorita...

—¿Yo? —dijo la chica de Can Tusquets, azorada.

—Usted. La más hermosa..., la *piu bella...* ¡Oh, España..., Italia..., Roma..., la Belleza...! ¡No lo olviden! ¡Mike Gladstone, promotor de Belleza y obras Públicas!

Y empezó a repartir tarjetas.

Volvió a dirigirse a la chica de Can Tusquets:

—Usted, señorita... ¿Sabría decirme si vive por aquí un caballero llamado José Wilcox Dardé?

—Sí, vive fuera del pueblo..., más allá de la iglesia..., en la casa de la Señorita.

Le entregó un dólar con un aparatoso gesto.

—Y ahora, Producciones Gladstone al servicio de Macmanus Cirus, Cirus Mac Manus se despide de ustedes con su himno de cósmica alegría: *The Great Society is against poverty...!!!*

Las *pom, pom girls* se colocaron en posición de desfile y reanudaron el himno. Elvis, Bob y Ann subieron al sedán negro en compañía de Gladstone y también cantaban el himno. Mac Manus desfiló ante el pueblo de pie sobre su jeep y con los brazos cruzados sobre el pecho. De vez en cuando guiñaba un ojo y formaba un cero con dos dedos de su mano mientras gritaba:

—Okay!

—Okay!

Contestaba el coro de las *pom, pom girls...* Las gentes del pueblo siguieron a la caravana, los chiquillos mezclados entre los motoristas. La caravana pasó junto a la brigada de «jaeneros», y Gladstone les arrojó montañas de chicle vitaminado:

The Great Society is against Communism and against poverty...!

Como un paisaje continuado volvió a aparecer la casa de la Señorita. Pero esta vez había nuevos elementos. En la puerta, perfectamente alineados, seis seres cúbicos y metálicos respaldaban a Dardé, que aguardaba a pie firme la llegaba de la caravana. Súbitamente se destapó la concha sobre la que actuaba la orquesta y cincuenta fotógrafos salieron alocados lanzando fogonazos contra Dardé y los robots.

El acompañamiento se colocó de tal manera que no molestara la apoteósica llegada de Cirus Mac Manus. Cuando el jeep de Cirus llegó ante el piquete electrónico, un robot se adelantó con sorprendente agilidad y entregó a Mac Manus un ramo de flores. Mac Manus cedió las flores a Gladstone y adelantó unos pasos hacia Dardé. Pero ya Gladstone había estrechado la mano del científico y gritado a través del amplificador:

¡Gentes del lugar! ¡Vivid y amad!
¡Un gran momento podréis presenciar!
¡Cirus Mac Manus os va a maravillar!
¡A un fiero sabio va a domesticar!
¡Cirus Mac Manus el gran gentleman!
¡Hijo de la suerte y del Gran Tamerlán!
¡Con un solo gesto consigue triunfar!

Y Cirus introdujo su mano derecha en el oscuro calor de su chaqué y la sacó con un afilado papel amarillento. El papel amarillento fue izado por el propio Cirus sobre su chistera para que fuera visto por todos. Después bajó el papel en un brusco ademán y ya lo esperaba la mano de J. W. Dardé:

The Great Society is against Poverty!
The Great Society is against Poverty!
The Great Society is against Poverty!

Gladstone saltó sobre una carroza y gritó:

¡Seis millones de dólares Mac Manus dio
a un gran sabio por seis robots,
el mundo lo vio y no lo creyó
y este cuento, amigos, ya se acabó!

No siempre había agua. A veces las mujeres hacían largas colas en las dos o tres fuentes. A las seis de la tarde abrían el paso del agua y luego las calles se llenaban de mujeres con cántaros en la cadera y en la cabeza. Era la hora propicia para el paseo, bajar hasta la glorieta donde tomaban el fresco los caciques sentados en sillones de mimbre, abanicándose con pai-pays de paja y bebiendo agua de cebada o de limón. La plaza olía a surtir cegado y a palmeras. Las palmeras tienen sexo y lo bueno es poner palmera macho y palmera hembra, aparejadas. También se podía pasear por el camino de la Casita Azul, junto a los campos llenos de girasoles y a las ramblas secas donde los hombres trabajaban el esparto. Juan de Dios volvió a oler la humedad de la acequia y volvió a sortear jarales bajo la luna joven. Subió la sábana hasta que hubo cubierto la rigidez del rostro de la señora Elvira.

Ya se alejaban las carrozas de los americanos. En la última iban los seis muñecos metálicos. Juan de Dios se quedó en el balcón distrayendo la mirada en el oscurecido uniforme de dos guardias civiles que charlaban en la esquina. Recordó que debía poner un telegrama al hijo de doña Elvira y que, de paso, podía comprarse un bocadillo en el bar. Encendió un cigarrillo y contestó a un saludo que desde la calle le dirigió otro «jaenero». El agua de la acequia era un agua fría, hermosa, hermosa, decía Juan de Dios. Cuando volvía a casa todo olía a campo en su nariz, como ahora, asomado al balcón. Se formó como cada noche el cuadro de las constelaciones y su vista se perdió por el laberinto sin clave. Las estrellas en el Sur brillan menos..., o más... Quizá sean mis ojos. Cuando llegaba, la mujer le tenía preparada su sopa de tomillo con una yema de huevo, cuando había huevo. El chico aún no había vuelto, nunca había vuelto a su hora desde que levantó dos palmos.

Algún día le encontrarían también a él muerto en una cama extraña y no sabía por qué. Confusamente recordaba que se había ido del pueblo para trabajar. Era un trabajo cercano en la carretera a Linares. Y luego, fue otro y otro. Y un mal día su hijo debió encontrar el cadáver de la mujer sobre la cama, sobre su cama, aquella cama que habían comprado a un mueblista de Linares que se llamaba don Aniceto. Era una excelente cama que no conoció carcoma en toda su vida. También el hijo debió cerrar los ojos a la muerta, vestirla, cubrirla con una sábana. No volveré a verle. No volverás a verle, Juan de Dios. Lo peor es morir solo, o no. Lo peor es ver cómo alguien se muere solo. Nunca había entendido su asquerosa vida, sobre todo la asquerosa vida transcurrida desde la juventud: ni la guerra, ni el hambre, ni la impotencia, ni la huida en busca de trabajo.

Un día te encontrarán muerto en una cama que no es la tuya, Juan de Dios. Cruzó la habitación sin mirar a la muerta y ya en la calle marchó hacia el bar. Comió el bocadillo con apetito y distrajo un momento los ojos sobre la televisión. Dictó el telegrama a la mujerona del bar, que era la telefonista, y salió a la calle.

Recorrió la carretera general hasta el cruce con la de Olot. Se saludó con el guardia civil de ronda y se sentó en un mojón a mirar la perplejidad de las estrellas. Entonces vio avanzar un coche hacia él. El coche dio la vuelta y se marchó culeando hacia San Juan de las Abadesas.

Era el jeep de Dardé y Dardé lo conducía.

TERCERA PARTE

LOS ANTEPASADOS OLVIDADOS

Empequeñecen las distancias
nuestras voces
actuales
son la realidad y el deseo
pero pequeño
el apetito
de verdad a la medida
de todas las verdades
de mañana
por la mañana en un lugar
del mundo, sin el nombre
que nosotros le pusimos
sin el tacto
que gastamos, sin el amor
que pedimos y no tuvimos,
que pidieron y no dimos
cementerios
de siemprevivas, alcázares
derrumbados por los calendarios.

He escrito estas páginas en pocos días: apenas dos semanas. Siempre ha habido en mí una vena literaria reprimida que doña Luz educó y la vida atrofió. No me arrepiento ni de lo uno ni de lo otro. Los hechos que he contado ocurrieron hace más de treinta años; yo los viví, y los que no viví, lo he imaginado y recreado mediante los materiales acarreados por el recuerdo, mis lecturas, en fin, toda la poca o mucha educación de mi sensibilidad.

El paisaje del pueblo ha cambiado. Un paisaje cambia derribando un árbol o abriendo una carretera. También la lluvia, el viento, el sol cambian un paisaje. Pero el pueblo ha cambiado más radicalmente. La carretera general ya sólo es una carretera de segundo orden, con todo muy transitada. A pocos kilómetros discurre la autopista Barcelona-Coll d'Ares, una auténtica maravilla.

Me llamo Constancio y con el nombre de Tancio he coprotagonizado esta historia, una más en la difícil ejecutoria del progreso. Hoy día, las gentes del pueblo ya están más familiarizadas con la temática. En el pueblo se alzó hace unos veinticinco años la factoría Macmanus 315-G. La factoría fabrica las matrices 562 y 589 del robot Dardé y es una empresa modelo entre las montadas con inversiones de capital norteamericano en España. El robot Dardé está ampliamente superado. Son robots auxiliares cuya función máxima es la de auxiliares técnicos sanitarios o administrativos, según la combinación de la matriz 618, que se fabrica en la factoría Macmanus 389-G de Lille. La cibernética norteamericana e incluso la rusa y la china, han conseguido maravillosos robots de finura asombrosa. Sin ir más lejos, la próxima semana tiene anunciada su llegada un joven robot de Detroit, de la Macmanus 17-G, que ocupará en mi fábrica un cargo equivalente al de ingeniero de coordinación.

Yo soy ingeniero.

Si me he metido en la aventura literaria ha sido porque desde hace años, especialmente desde hace unos siete u ocho años, han aparecido monografías sobre Dardé subvencionadas por el Instituto de Investigaciones Científicas. Se va a conmemorar una Semana de la Ciencia Española dedicada a los nombres de Santiago Ramón y Cajal, Juan de la Cierva, Severo Ochoa, Fernando Fullá y J. W. Dardé. La figura científica de Dardé ha quedado sobradamente clarificada en los trabajos monográficos del sacerdote del Opus Dei, Justo Alejo Birigay, publicados en Punta Europa con motivo del número del cincuentenario de la revista. Pero la figura humana de Dardé es un relativo misterio, últimamente agrandado por notas biográficas insuficientes aparecidas en la prensa diaria. Resulta especialmente injusta la nota de *Arriba,* que se limita a suponer ciertos contactos de Dardé con una secta masónica, judaica y catalanoseparatista llamada Baden-Powell. Ignoro si Dardé era todo eso, o si además era homosexual como indica la revista *Aquí estoy yo,* en un editorial de protesta contra la Semana de Ciencia Española, protesta suscitada por los nombres de Fernando Fullá y de J. W. Dardé.

Yo, a punto de cumplir la cristiandad dos mil años de existencia, lamento que la pasión política generada en nuestro país hacia los años treinta aún permanezca vigente. Lo comentaba precisamente hace diez días con el excelentísimo gobernador civil quien pronunció un discurso en la factoría con motivo de la puesta en marcha de una nueva planta, el 18 de julio de 1999. Durante la comida, como técnico español de mayor jerarquía en la empresa (y aspirante a alcalde en las próximas legislaturas), me sentaba junto a Su Excelencia y comentamos la polvareda levantada en torno a Dardé.

—Creo injusto calificar con rigor a un hombre por ser, y no se sabe con mucha seguridad, masón.

—Hay que permanecer en actitudes vigilantes.

—Sin duda, pero Dardé murió hace más de quince años.

El gobernador convino en que la campaña ha sido excesiva.

Mi recuerdo de Dardé es completamente subjetivo. Todos los recuerdos son por naturaleza subjetivos...

Dardé asoma entre una multitud de rostros asomados a mi adolescencia. Pero su cara quedó grabada en mi cerebro y presidió toda la larga gestación de mi formación tecnológica, como un estímulo y una referencia.

Todos los demás han muerto, excepto, claro, los chicos de mi edad, hombres hoy, algunos fuera del pueblo (a decir verdad la mayoría), otros vinculados a las profesiones de sus antepasados. De todos los recuerdos, el más sensible es el de doña Luz. Desapareció del pueblo pocas semanas después de mi marcha a Barcelona para estudiar la carrera de ingeniero. Después la vi de repente en Bruselas, donde yo realizaba cursillos prácticos sobre IBM. Daba clases de español y se había afiliado a un grupo trostkista (facción del comunismo soviético que conoció cierta resurrección a raíz del ya liquidado cisma chino-soviético). Doña Luz había cortado sus cabellos y vivía y vestía como una agitadora de película americana antisoviética. Lloró sobre mi hombro, pero no me preguntó por su marido.

Murió mi padre, pero mi madre aún soporta bien los fríos inviernos de este pueblo, sobre todo desde que pude colocar, hace cinco años, una instalación de aire acondicionado. Hay cuatro bares más. Dos supermercados: uno regentado por la chica Tusquets, y un sinfín de cosas nuevas que notifican los treinta años largos transcurridos desde la llegada de Dardé al pueblo. Según parece, Dardé vino a este pueblo porque de él era oriunda su madre. Pero no está comprobado. Lo supimos unos meses después, gracias a una apertura brusca de la memoria, tan dudosa, del viejo Tusquets:

—Aquella cara me recordaba a alguien...

Decía el viejo, hablando de Dardé.

—La misma cara sin sustancia de su madre.

La madre de Dardé era una prima de la Señorita que vivió y murió en la casona que Dardé pensaba utilizar como centro de experiencias. Dardé rodó después por otros lugares de España y acabó sus días como catedrático en la Universidad Central y charlista de temas científicos en Televisión Española. Conservaba su lenguaje peculiar, pero ello aumentaba su encanto, porque, como muy bien decía Cesare Pavese, en una obra de expresión deben darse distintos niveles. En una obra de Shakespeare la inmensa mayoría aprecia el movimiento y la intensidad formal de la pasión y el sentimiento; el intelectual, en cambio, percibe el intenso perfume del magnífico y podrido barroco mental de la incipiente burguesía inglesa, el historiador capta una fotografía de usos, costumbres e historia sentimental, etc.

Así, el lenguaje científico, una forma de expresión al fin y al cabo, tiene hoy también una aplicación populista; el pueblo cree que las palabras de divulgación científica son poesías, y en efecto, los mejores científicos de nuestro tiempo dan a sus alocuciones y a su prosa una musicalidad envidiada por los viejos maestros de la literatura. Así, la ciencia se mueve sobre la seguridad de un lenguaje propio y el pueblo lo acepta con sensibilidad, atraído por la poesía de lo desconocido: es el nuevo gran misterio, tema de investigación intelectual para los próximos siglos.

Y, aunque es triste, uno no puede dejar de constatar, en esta única ocasión en mi vida de vencer la resistencia blanca de unas cuartillas, qué viejos, qué lejanos han quedado nuestros más inmediatos antepasados. Palabras, palabras, palabras..., eran pobres retóricos, menopáusicos sin acción, frustrados victoriosos o vencidos, sin lugar en el mundo que ya empezaba a hablar otro lenguaje. El lenguaje de la utilidad, del éxito, del consumo.

Habían mamado en las fuentes del idealismo romántico y habían extraído de ellas cánones y consecuencias. Sus vidas fueron un completo fracaso.

Y lo habrían sido las nuestras de no mediar J. W. Dardé.

Porque gracias a Dardé, yo y los españoles de mi generación comprendimos que todo había cambiado, que estábamos gesticulando como en un entierro y la situación no era un entierro: era, por ejemplo, un simple paseo por un parque o el acto de abrir un grifo. Y así quedábamos avejados y grotescos, sin forma moderna, cargados de recuerdos y remordimientos nada más nacer.

Se lo decía yo el otro día a Su Excelencia el gobernador de la provincia y jefe provincial del Movimiento cuando vino a inaugurar la nueva planta de la Macmanus 315-G.

—Pero ese lenguaje, Excelencia, ese lenguaje empleado con Dardé tantos años después.

—Es una cuestión de palabras.

—Sí, pero me asusta pensar que aún, en algunos momentos, podemos hablar como antes, como siempre.

—A veces es preciso porque, al fin y al cabo y guárdeme el secreto, las palabras algo quieren decir.

—Según cómo y para quién.

—Eso es.

—Nosotros nos hemos liberado de los viejos significados. Hoy día nada significa lo que significa.

—Eso es.

—Han perdido virulencia las viejas palabras...

—Eso es.

—No quieren decir nada.

—No. Menos cuando es preciso que quieran decir algo. ¿Ha oído usted mi discurso?

—Sí, Excelencia.

—¿Se ha sentido usted entusiasmado?

—¿Entusiasmado..., entusiasmado?

—No. No se ha sentido entusiasmado. Pero ¿a que sí se ha sentido tranquilo, muy tranquilo?

—Sí, es curioso. ¿Y por qué?

—Porque he dicho lo que usted esperaba que dijera. Lo que se viene diciendo en este día desde hace sesenta años.

—Y, en cambio, recordando a Dardé, algo me intranquiliza. Son los recuerdos, lo que aquella gente hablaba, sentía, recordaba, defendía desesperadamente como si les fuera en ello la vida.

Barcelona, 1965.

HAPPY END

Lo mejor que uno puede hacer cuando está en este mundo es salir de él. Loco o no loco, con o sin miedo.

CELINE, *Viaje al fin de la noche.*

—No. No era como Lola. Le faltaba un poco de terciopelo en la mirada y aunque sus piernas bien habrían podido intentar la competencia con las de Lola, había menos cansancio en su pose, como si le sobrara un pequeño excedente de vitalidad y sus vuelos sobre la peana murieran antes de tiempo por la prisa de concluir el espectáculo, volver a casa, hacerse un bocadillo, hacer el amor. ¿Recuerda aquel estar en el mundo de Lola, como si no hubiera llegado de ninguna parte, ni fuera hacia parte alguna? Los hilos de humo reticulaban los fondos, destruían como termitas la consistencia de las columnas, las copas florales de escayola, los estucados nervados, las lenguas espesas de las cortinas, los duros chillidos del metal de la orquesta o la boba tripa de piel hervida del bombo. La corrosión del humo destruía todo lo que no fuera el círculo luminoso en el que crecía Lola como una hermosa caricatura de estatua vestida de tafetán y cubierta con un sombrero de copa tricolor. Sus carnes blancas eran como la melancolía, en el supuesto de que la melancolía tuviera carne y su voz... ¿Ha olvidado su voz? Arañaba el silencio con garra lenta. Lamía la sangre de las heridas con los tonos bajos, los silencios y aquellas miradas que lo curaban todo. Ella no era como Lola, pero se le parecía bastante. A veces pienso en si no era la misma Lola, pero vista desde fuera del local por un *voyeur* de paso entre dos metas sin importancia. Aquel *voyeur* era yo, Humphrey Bogart, tal vez. ¿Acaso no pude ser yo Humphrey Bogart? Recuerdo que había llegado de Illinois...

—Me parece más convincente New Orleans o San Francisco.

—¿Los Ángeles?

—Dejémoslo en Los Ángeles.

—Recién llegado de Los Ángeles yo llevaba...

—¿Usted?

—Humphrey Bogart.

—Dése prisa.

—Llevaba una gabardina y un sombrero por todo equipaje y unas cuantas frases de seguro éxito. Entré en el local. O tal vez todavía no. Di una vuelta al local. Eso es. Y de ningún otro portal salía calor o música, por eso me metí en el club, desprecié el ademán impertinente del portero, también el del *maître,* y me quedé en el centro de un pasillo, con las piernas abiertas y las manos en los bolsillos de la gabardina.

—El sombrero. Ha olvidado usted el sombrero.

—Es cierto. El sombrero. Ella cantaba, incluso es posible que ya cantara para mí, porque avanzaba por el pasillo y me miraba como si me palpase con fingida desgana. ¿De dónde vienes? Me preguntaban sus ojos. De un lugar al que no quiero regresar. ¿Adónde vas? Volvieron a preguntarme. A un lugar del que no quiera regresar. Lo entendió enseguida. No es que fuera su talante, porque cualquier mujer tiene una capacidad de chantaje superior a la del más hermoso de los hombres y puede amenazar con cerrar las piernas si la realidad no cambia de color. Pero era una amateur de la huida y comprendió que yo estaba de viaje entre Illinois...

—Los Ángeles.

—... entre los Ángeles y el infinito. Por eso terminó la canción con aquellos versos:

> pasa de largo, extranjero, no hay piedad
> para el que pierde el tren del viento.

Lo demás es fácil de imaginar. Nos sentamos en una mesa de la que brotaba una lamparilla *liberty* malva, como cualquier flor del mal. Su voz era espesa pero suave, como la maleza, o es posible que supiera a mermelada de grosella algo granulada. Yo campaneaba con la mirada hacia la derecha y la izquierda, sin mirarla de frente, para que creyera en mi distancia y no descubriera mi timidez.

—¿Americano?

—De cualquier parte.

—Yo no.

—¿No eres americana?

—No soy de cualquier parte.

Con la cabeza le señalé el camino de la calle.

—¿Nos vamos?

No sé si sus ojos me acusaban de impertinencia o me valoraban. Cuando se levantó tampoco sabía si iba a abandonarme o a secundarme. Esperé a que me diera la espalda, se volviera unos metros más allá.

—¿No querías irte?

Yo la seguí hasta la calle. Me burlé de las estrellas, de los maniquís de los escaparates y de un vendedor de salchichas dormido sobre los fogones apagados. Ella parecía reservar sus burlas para cosas más importantes. Tenía dirección precisa y sin pedir mi opinión me encaminó hasta su casa en la Wilhelmstrasse.

—Me suena esa calle.

—Es de un poema de Elliot.

—¿Seguro?

—Compruébelo usted mismo:

Abril es el más cruel, engendra
lilas sobre la tierra muerta, mezcla
memoria y deseo, despierta
yertas raíces con su lluvia de primavera.
El invierno nos conservó abrigados, cubriendo
con nieve de olvido la tierra y alimentando
una vida pequeña con sus secos tubérculos.
El verano nos sorprendió cayendo sobre él
    Starnbergersee
con su ráfaga de lluvia, nos paramos en la columnata
y continuamos por el sol, por el Hofgarten.
Y tomamos el café y charlamos una hora...

—En ninguna parte aparece la Wilhelmstrasse.

—Lo he confundido con Starnbergersee.

—¿Otra calle de Berlín?

—No lo sé.

—¿Entonces?

—¿Qué más da? ¿Acaso no es verosímil lo que le comentaba y por qué Starnbergersee quiere decir más o mejor que Wilhelmstrasse?

—Por esta vez pase.

Bin gar Keine Russin, stamm'aus Litauen, echt deutsch
Y cuando éramos niños y vivíamos en casa del archiduque
Mi primo, él me llevó en su trineo,
Y yo tenía miedo. Él me dijo: «Marie,
    Marie, agárrate bien» y nos lanzamos cuesta abajo.

—¿De qué me habla ahora?

—Es el mismo poema. Me gusta mucho. ¿Lo termino o prefiere que siga el relato de mis relaciones con Lola en la Wilhelmstrasse?

—Prefiero esa maldita historia de amor. No se entretenga. Siga.

—Vivía en una villa en las afueras, una ex residencia de familia *junker* venida a menos, probablemente su familia. En el jardín envejecían dos dogos mutilados de escayola con armazón de hierro, sobre un estanque de lotos ahogados. Cipreses y abetos con la sombra recogida bajo la luna. Un asador herrumbroso semiasfixiado por la hiedra, en olor todavía a grasa rancia de asados de cochinillos o corzos cazados por el padre de Lola en los bosques fronterizos con Polonia, antes de que la guerra arruinara su industria de curtidos. Durante casi diez años la villa había pertenecido a un mayorista de vinos de origen holandés. Pero en cuanto Lola consiguió el dinero suficiente, la rescató para devolvérsela a los fantasmas de una familia extinguida. En cualquier caso fue un magnífico marco para nuestro *amour fou.* Su cuerpo lechoso y dorado parecía una gota de piel dulce sobre el fondo de los damascos y los tapices con escenas de caza en Baviera. Hasta era enjundioso el abandono en cuartos de baño estilo cuarto imperio...

—¿A qué imperio se refiere?

—A un período capaz para crear cuartos de baño

como aquél, increíbles bajo una constitución republicana. Si no ha existido ese cuarto imperio es lo de menos. Las bañeras de mármol rosa tenían una grifería de bronce que reproducía las cabezas de la mitología egipcia y el suelo era de mármol negro, idéntico al empleado para construir el pavimento del retrete del zar de todas las Rusias. Entre el alto lecho con dosel y el mayestático cuarto de baño, apenas necesitamos otra estancia. A veces nos sentábamos en un salón azul decorado por Von Breuken ya en las postrimerías de su genio, cuando era capaz de decir sutilezas como aquélla: «Yo no pinto lo que mis clientes me piden, sino lo que a mí me gustaría ver.»

—Pero ¿ha existido Von Breuken?

—No. Pero la decoración muy bien habría podido ser suya. Me explicaré. Tenía esa sabiduría y falta de audacia que los críticos de arte no perdonan porque les ofende como un espejo y se vengan de artistas como Von Breuken, considerándoles valores menores. Aquellas pinturas eran sin duda de Von Breuken, un nombre lo suficientemente convencional para que a usted le parezca verosímil y en cambio sin la carga de fama de los pintores mimados por una crítica de apostadores a caballos seguros.

—¿Y qué hacía usted con su gabardina, su sombrero, su brutalidad de salvaje americano sobre aquellos fondos tan depurados y caedizos?

—Digamos que yo representaba la curiosidad a regañadientes y la vida *malgré tout*, frente a la decadencia de Lola. Yo escribía relatos impublicables para revistas norteamericanas inexistentes.

—Ah. Usted era escritor.

—Vamos, si no le molesta.

—No. No. Me parece un oficio muy adecuado para el período que nos ocupa.

—Y Lola odiaba mis escritos porque nos separaban. Ella ya se expresaba lo suficiente con aquella canción de guerra que me perseguía de la mañana a la noche como una premonición.

—Pero dígame de una vez la canción. ¿De qué canción se trataba?

Pintaré en mi ventana otra ciudad
cerraré la puerta, romperé el espejo
pero no quiero esconderte la verdad
de que estás muerto y tu amor es viejo

pasa de largo, extranjero, no hay piedad
para el que pierde el tren del viento

Me dirás que soy tu patria y me darás
recuerdos lentos, amor y tiempo
pero no quiero quedarme de cristal
como una estatua, de sal o cieno

pasa de largo, extranjero, no hay piedad
para el que pierde el tren del viento

Te pedí la piel primera, no te pedí
olvido o memoria, ni el alma en vilo
me bastabas una noche, fui feliz
porque eras viento, ni pan ni abrigo

pasa, extranjero, no hay piedad
para el que pierde el tren del viento

Y si tú no te vas ahora yo me iré
no quiero sombra, ni quiero cielos
no fuiste el primero, ni serás
al que más quise, al que más quiero

pasa de largo, extranjero, no hay piedad
para el que pierde el tren del viento.

—¿Autor?

—Probablemente un discípulo platónico de Brecht algo contagiado por el cuplé francés de entreguerras.

—¿De qué entreguerras?

—Da igual. Pero probablemente de la entreguerras de 1870 y de 1914. La canción introducía el estilo de la mujer fuerte e inaprensible frente al vagabundo dispuesto a dejar de serlo, a poco propicias que le fueran las mujeres y las cosas. Lola había hecho de esta canción su himno de cada triunfo nocturno y a su alrededor revoloteaban mariposas machos masoquistas dispuestas a morir quemadas por el calor de aquella lámpara de opalina. Por eso me sorprendió que, desnuda de luces, palabras y ropa, fuera simplemente una muchacha de casa bien venida a menos, que pedía calor bajo las sábanas y el centro de su mundo estaba en el centro de su cuerpo. Digamos que esta característica del personaje era muy cara a los guionistas inteligentes de entreguerras, dispuestos a introducir la presencia de la ambigüedad incluso en los comunicados más banales. Sustituía a la conciencia dogmática de los pioneros del cine, aferrados a los esquemas del cuerpo y el alma para que no les traicionara el temblor por el miedo a un medio de expresión que se estaba inventando. Para sus herederos la cosa ya fue mucho más fácil y pudieron permitirse el lujo de la ambigüedad, la distancia y el quizá. Lola no habría sido posible ni siquiera diez años antes. De vez en cuando yo me daba cuenta de la arbitrariedad del resultado, de cuánto debía agradecer al tiempo el espléndido regalo de aquella mujer. Era sobre todo en días de lluvia, cuando la esperaba en el caserón con los ojos en el gatillo para captar su llegada entre la cortina de agua, corriendo a pasitos cortos con su impermeable de hule y aquel sombrerito también de hule que le enmarcaba un rostro de náufrago. Frente a frente no quedaba nada de aquella canción. Lola en realidad quería casarse conmigo, aunque no lo decía, y habría suspirado porque yo me pusiera a trabajar en cualquier cosa, la hubiera retirado de un oficio que la empezaba a aburrir y juntos hubiéramos hecho lo imposible para sacar brillo al asador del jardín y poblar aquel mundo vegetal con niños rubios y pálidos, probablemente graciosos. Pero yo había leído el guión. Sabía que en entreguerras estas cosas acaban mal. Aún no había pasado nadie el trauma de la Segunda Guerra Mundial y la aventura aún era la aventura. La civilización de matrimonios sanos, con hijos sanos alimentados con toda clase de cacaos en polvo y mantequillas amarillentas, tardaría casi veinte años en llegar. Y decidí dejar que la frustrada metamorfosis de Lola se convirtiera en su rabia, en su frustración, en su mal humor, en espera del día fatal en que me cantara la canción en serio, yo cogiera el sombrero y prosiguiera el camino según lo convenido.

Un día me había puesto nervioso porque Lola se retrasaba. Salí a la calle y la esperé paseando arriba y abajo de la acera. La vi llegar en su Volkswagen azulado y detrás venía un Rolls que evidentemente la seguía. Lola bajó del coche y echó a correr hacia la casa. Del coche perseguidor salió un prusiano sanguíneo mal abotonado que llevaba una abrazadera con la cruz gamada. Gritaba llamadas eróticas mientras trataba de alcanzar a Lola. Yo me interpuse en la carrera del hombre y le hice la zancadilla. Minutos después protagonizábamos una pelea a puñetazos que él estaba condenado a perder, aunque me dejara la cara llena de cortes y un labio abierto como una flor carnosa. Lola me restañó las heridas mientras se quejaba de la continua tensión derivada de su oficio. Cada noche debía soportar las mismas insinuaciones, huir del mismo modo, y estaba cansada. Era el momento para decirle: déjalo todo, casémonos, poblemos el jardín de niños rubios y pálidos. Y estaba dispuesto a hacerlo, cuando mis ojos se cruzaron con la feroz mirada que me lanzaba el guionista. En los ojos del guionista vi la desesperación y la rabia. Al fin y al cabo yo era una pieza, una simple pieza en una vasta industria del comportamiento humano. Así es que me callé, dejé que Lola hablara y finalmente le propuse un corto viaje, solución que me pareció a medio camino entre abandonarla a su desesperación y secundarla en sus propósitos matrimoniales. El guionista me miró aliviado y casi sin cambiar de plató ya teníamos en las manos una guía de viajes, ya estábamos incluso en el hotel de Meudon *art decó* viviendo un segundo amor tan intenso y corto como el primero. Naturalmente, sin la carga psicológica del cabaret, Lola no es que pareciera otra... Era otra. Y a mí me gustaba. Pero nada podía hacer frente a la evidencia de que ni siquiera podía volver con ella a Berlín, que aquel viaje era una despedida y que al menos me había prestado a suponerle una última voluntad antes de matarla.

—¿La mató ya entonces usted?

—Todavía no, lo decía en sentido figurado. Más que matarla debía haber dicho: negarla. Una tarde supe, desde el fondo de mí mismo, que llegó el mensaje de que íbamos a vivir la última noche. Jamás he sabido cómo se las arreglan los guionistas para enviar ese tipo de mensajes desde un sitio tan poco idóneo. Hice todo lo que cabe hacer ante comunicados similares. Compré una botella de champán francés, encendí las velas, le compré una sortija. La pobre chica interpretó estos signos exteriores como el prólogo de una formal petición de mano y aquella noche convirtió el amor en algo tan delicioso como el no tener nada que hacer. Pero a la mañana siguiente, cuando se despertó, yo ya estaba en un tren que me llevaba hacia Toulouse, en un vagón lleno de extrañas gentes disfrazadas de tropa guerrera amateur. Eran voluntarios. Iban a España.

—¿Qué pasa en España?

—Hay una guerra. Una guerra civil.

Ni siquiera sabía qué pasaba en España y así se lo dije a mi vecino de asiento, un yugoslavo que jugaba a los dados contra sí mismo. Me parecía que todo estaba muy bien preparado y usted mismo habrá adivinado lo que va a ocurrir. Me juego mi destino a los dados con un yugoslavo trotsquista. Si pierdo voy donde él diga. Si gano, él me sigue. Pierdo y el yugoslavo va a inscribirse en las

Brigadas Internacionales. Desembarco en Barcelona y desfilo asombrado ante una ciudad que me acoge como a un héroe. Se me cayó el cinismo de los ojos como al viejo Tobías la costra que le impedía la visión. Alguien ha puesto sobre mis espaldas una frágil mercancía, la llevo durante casi tres años a través de una cucaña encerada. Tal vez vi morir en Guadalajara a una muchacha italiana de la que estaba fugazmente enamorado porque la oía cantar *Casserio, passagiaba per la França* mientras se lavaba la blusa de miliciana.

—Me la imagino. Hermosa como Ava Gardner, pero con la pureza de Anna María Pier Angeli.

—Por entonces conozco a Hemingway, que revoloteaba como un pajarito. *Si quiere le llevo en mi coche,* les decía a los oficiales de Estado Mayor. Hasta que Lister le contesta un día: métase el coche en el culo, joder.

—¿Lister estuvo en el Guadarrama?

—Bueno, no estoy seguro. En cuanto Hemingway se enteró de que yo era Bogart no me dejaba en paz: Oye Bogey (un exceso de confianza lamentable, porque jamás habíamos cruzado una palabra), oye Bogey, ¿tiene idea de si la guerra de Crimea al menos fue más divertida? Me sacaba de mis casillas. Las manos no le olían a pólvora, le olían a la mierda de su ombligo en el que no cesaba de meterse el dedo por si encontraba el resorte que alarga la hombría. Un día nos enfrentamos en Calaceite y él me saca una navaja automática como si fuera un gigoló veneciano.

—Deja eso, idiota.

—Te la has jugado. Con Ernesto no se bromea.

Le tiro la cantimplora contra la cara y cae de espaldas con las narices rotas y la sangre mezclada con el agua enlodada. Después lloraba como un crío y le salían frases de futuras novelas con una fecundidad envidiable. Me cuenta entonces que su padre le regaló una caña de pescar y que si todos los padres chinos y españoles hubieran hecho lo mismo no habría guerra ni en España ni en China: lo importante no es regalarle un pez a un hombre, sino enseñarle a pescar. Se acrepusculaba el frente y me di cuenta de que ser americano carecía de sentido. Los compañeros morían con las tripas en la mano y al caer se hacían tierra, su propia tierra. Mi cadáver lo repatriaría probablemente tía Mamie en cuanto el consulado le informara de mi romántica muerte en la futura batalla del Ebro. Porque yo estaba seguro que moriría en la batalla del Ebro y ni siquiera tenía la seguridad de disponer de una frase afortunada a última hora. Ni podía pedírsela a aquel engreído Hemingway que revoloteaba por los campamentos de milicianas en busca de Ingrid Bergman.

—¿También estuvo en las guerrillas internacionales?

—No. Pero interpretó *Por quién doblan las cam-*

panas. Se acercaba la gran batalla. Recuerdo un día en Falset. Ya había fracasado nuestro intento de cruzar el río para establecer posiciones en la otra orilla. Yo me había bebido media garrafa de un vino tinto que parecía sopa. La vi. Seguro que era Lola. Pasaba ante la taberna en la caja de un camión militar. Salí corriendo y la llamé mil veces, pero el camión culeaba hacia el frente y a mí me recogían y me contenían para evitar que me atropellara el siguiente camión de la caravana.

«¿Quería usted matarse?», me preguntó el capellán de las Brigadas Internacionales.

—¿Tenían capellán?

—Es poco probable.

—¿Entonces?

—¿Ha estado usted alguna vez en el escenario de la batalla del Ebro?

—No.

—Entonces no se meta. Pasé varios días empapado en vino como las hogazas de pan que se desayunaban los arrieros catalanes, acompañadas de manojos de ajos tiernos crudos. Toda la retirada la recuerdo como un largo vómito y desfilé por Barcelona sin ver nada, ni a nadie, como si recorriera el pasillo que me devolvía a la habitación más inútil de la casa. Quince días después de salir de Barcelona me desperté en Marsella. Es decir, volví a darme cuenta de que estaba vivo y de que necesitaba un proyecto vital. Marsella olía entonces al ajo y las hierbas aromáticas de la *bouillabaise,* o tal vez el olor saliera de los sobacos peludos y húmedos de aquellas muchachas anchas como lechos que cantaban al atardecer a las puertas de las tabernas las últimas canciones de Damia Mistinguett o Frehel...

Dans ma névrose
j'ai pris des tas de choses
éther, morphine et coco...

Las ciudades del Mediterráneo eran, entonces, ciudades nerviosas, con la brisa cambiante y aún llena de aromas de mar, al fondo el sol enseñando la ruta de su huida por un mar calmo, prometiendo la ruta del sur. Tuve una excelente oportunidad que desaproveché: asociarme con un lombardo para montar un almacén de salazón. Le eché una mano, pero en cuanto tuve mil francos bajo el colchón le dije adiós muy buenas y pateé el puerto dispuesto a comprar todo el tiempo que me dieran por mil francos. Una noche me metí en el cafetín L'Ivresse y allí estaba Lola vestida de lamé...

—¿Lamé? Impropio del lugar.

—Tal vez no era lamé

—O no era Lola.

—O no era aquel lugar. Pero yo me acerqué y sus ojos se ahogaron en mi mirada acuosa o quedaron ensartados en la punta del palillo que yo masticaba. Lola cantaba.

Non. J'suis pas saoule
malgré que je roule
dans toutes les boîtes de nuit
cherchant l'ivresse
pour que ma tristesse sombre à jamais dans le bruit

No. Es cierto. No era Lola. Pero yo estaba borracho de nostalgia y amé a aquella mala imitación hasta que su marido me echó una noche a patadas de la cama que él había pagado. En el hospital consideraron que para ser americano tenía el costillaje muy frágil. No supe o no quise explicarles que mi alimentación había dejado bastante que desear durante la primera infancia y que esas cosas luego se notan. Me vino a ver el cónsul, tal vez para asegurarse de que mis costillas eran rigurosamente americanas. Me miraba como a un producto deficiente.

—Su documentación está en regla. No hay duda; es usted de Illinois.

Y me miraba el vendaje, sorprendido, casi aterrado del nexo nacional que nos unía.

—El nuestro es un país libre.

—No entiendo.

—Si me da la gana de tener las costillas frágiles, las tengo.

Me preguntó si quería ser repatriado. Fue entonces cuando le enseñé la mancha de humedad de las sábanas. Él se acercó solícito.

—Qué pasa...

—Me he meado.

Me prometió que volvería a interesarse por mi curación, pero no volvió. Una semana después yo estaba sentado en el pontón del puerto con una caña de pescar entre las manos. Entonces aún se podía pescar en los puertos, sobre todo entre las rocas de las escolleras. No sabía cómo decirme a mí mismo que no tenía absolutamente nada que hacer, y lentamente me fui preparando mientras esperaba que picase un desgraciado pez. Por fin me lo dije, así, de sopetón.

—No tienes nada que hacer.

—Es cierto.

—Ni siquiera volver a casa.

—¿Y qué?

Aquella tarde fui a jugar a los bolos a un descampado cercano a la plaza Ricard. No tenía buena puntería, pero cuando alguien me dijo que los alemanes habían cruzado la frontera creo que acerté casi todos los tiros. Luego ya solo, en el hotel, me di cuenta de que mi entusiasmo había sido excesivo. Ni siquiera era francés para que aquella guerra fuera conmigo. Seguía sin saber qué hacer. A dónde ir.

—¿Y qué hizo usted?

—Poca cosa.

—¿Qué?

—Regentar un club nocturno en Casablanca, con decorados de la Metro y camareros suecos disfrazados de tuaregs promocionados. O controlar el tráfico de perlas entre el golfo Pérsico y Canberra a través de la insegura ruta de Zanzíbar, siempre con la pistola bajo la almohada y el sombrero como antifaz. O tripular un bacaladero casi individual, sólo con el espacio suficiente para recoger a Lauren Bacall en su previsible auto-stop oceánico sobre un iceberg rosado. Escupir colillas contra las estatuas de la libertad o tirar a los oleajes los recuerdos secos como las hojas del otoño, mientras suena la sirena del barco perdido. Impedir que un estanciero gordo viole a una sirena del mar de los Sargazos, mientras la tormenta ruge sobre el Aconcagua y la script ha olvidado dónde quedó el jirón de blusa rasgada. O traficante de judíos con mala conciencia en el momento en que cierra los ojos ante el torpedeo de un submarino alemán. ¿Se le ocurren mejores maneras de envejecer entre 1940 y 1945? Tal vez prefiera el destino de comando aliado lanzado sobre el departamento del Tarn para conectar con la Resistencia o simplemente un maquis marginal con tanto desprecio por sí mismo como por el verdugo teutón. Y siempre una melodía, la misma melodía sobre el paisaje propicio, las palabras del ángel perdido en las cuevas del mundo. ¿Por qué no un reencuentro en una granja abandonada junto a Dauville o en un refugio de París mientras la linterna alemana busca el rostro que desentona y en la oscuridad te besas con una desconocida para fingir que eres un árbol con las raíces en aquel sótano? Y no era una desconocida. Era ella que distancia sus ojos y te mira con amor, sorpresa y miedo mientras contiene la denuncia de los labios mordidos por la linterna teutónica. En el rostro de Lola...

—Ni siquiera era Lola.

—Habíamos quedado en que se parecía mucho. En el rostro, en el casi rostro de Lola han quedado las huellas de mil días de separación. Y sus ojos ya no escupen la realidad como antaño. Hay humildad en el acto de desvestirse en una bohardilla sobre el boulevard Saint Michel o en cualquier caso una bohardilla situada en el barrio Latino, con el cuello gris sobresaliente sobre tejados amalvados. Y desde allí la perspectiva del pasado en la Wilhemlstrasse o en Meudon durante la escapada que siguió al desafío con el nazi. Pero pienso que quizá fuera más hermoso un reencuentro en la Concorde durante el desfile de la Liberación. Una Lola apasionada agita la bandera de la libertad.

—¿De qué bandera se trata?

—Es una bandera inconfundible. Cuando la ves no puedes dudarlo. No puede ser otra que la bandera de la libertad.

—¿Colores?

—Los de la libertad.

—¿Patria?

—La de la libertad. ¿No ha adivinado que en mi viaje entre Illinois y el infinito no buscaba otra cosa que la patria de la libertad, la bandera de la libertad? Y ahí estaba. En el París recién liberado estaba mi patria, la que siempre había buscado. Es una patria mudable, jamás se establece por mucho tiempo. Viaja, se oculta, siempre perseguida por los códigos, azuzada por la esperanza de llegar algún día a un lugar del que no quiera regresar. Es inútil que trate de comunicarle cómo gozamos Lola y yo de aquel rincón de absoluto en el París liberado. Lástima. Habría sido un magnífico momento para el *The End.*

—*Happy End.*

—Por fin un *Happy End.* No se ría.

—¿Cuándo decidió matarla?

—Ya se lo he dicho. Aún no pienso contestar a esta pregunta. Estábamos en París. Fueron unos días totales antes de que yo me incorporara al ejército regular. Me presenté ante Eisenhower y le dije: «Soy Humphrey Bogart y vengo a echarte una mano.» Eisenhower me preguntó si la secuencia la estaba dirigiendo Cecil B. de Mille o Robert Mamoulian. Fritz Lang, le dije para que se marchara de su rostro la mueca de renacuajo y aprendiera a ocupar su lugar en el mundo de los anfibios. Pero ya firmaba entonces mi destino a primera línea con la misión especial de acercarme a la trinchera alemana, decirles: «Lo siento, pero no sé dónde meterla», y arrojarles una bomba de mano. Después, contemplo los cadáveres y pienso: «Qué jóvenes son.» Y me pondría a llorar si fuera Leslie Howard, pero la script me advierte, no, no es usted Leslie Howard. No lloraré entonces. Me limitaré a poner humedad en la mirada, en los labios, en las manos y a emborracharme con vino de borgoña requisado en la cava de colaboracionista con el gobierno de Vichy. Será un instante lleno de emotividad: ¿Se imagina usted a Bogart borracho de borgoña, el alma húmeda por sangre alemana y lágrimas propias que le han prohibido porque no era Leslie Howard? Es entonces cuando digo: en esta guerra sólo se me ha perdido una cosa, yo mismo. ¿Oye? En esta guerra sólo se me ha perdido una cosa, yo mismo. ¿Le gusta?

—Hemingway como dialoguista no habría encontrado una frase mucho mejor.

—No me vuelva a hablar usted de ese traficante mimado, falsificador de miedos y de huidas. Me pone enfermo. ¿Sabe usted lo que me preguntó cuando nos encontramos en el frente de Teruel?

—Creo que ya me lo ha dicho.

—Oye, Bogey (un exceso de confianza lamentable, porque jamás habíamos cruzado una palabra). Dime, Bogey...

—Ya me lo ha contado.

—Bogey, ¿tiene idea si la guerra de Crimea al menos fue más divertida? Pero tiene usted razón. No divaguemos. Estaba en un granero o en una cava. O no. Ya estaba en Las Árdenas cuando descubrí que aquélla ya no era mi guerra. Jamás han sido mis guerras las que he ganado. ¿Comprende? He perdido todas las guerras. Todas, y las que he ganado no me han dado otro botín que la responsabilidad por no haberlas ganado del todo. ¿Usted cree que encontré la bandera de la libertad cuando entré en Berlín? Escribí una carta a Lola y no me contestó. Deduje que había abandonado París y que tal vez no volvería a verla. Nada quedaba del decorado de nuestra primera película. La cuadrícula de los solares vacíos contenía los montones de ruinas como en los osarios de los cementerios. Y entre las ruinas de la villa de Lola creí ver el oxidado y retorcido esqueleto del asador. 1946. Estoy en Praga como corresponsal del *New York Times:*

—Míster Bene, ¿conseguirá mantener un estatuto democrático frente al crecimiento de los comunistas?

—No se trata de contener. Estamos empeñados todos en un mismo esfuerzo de reconstrucción nacional.

Yo cenaba cada noche en un restaurante típico de la plaza Zlotas. Praga tenía ese perfume de ciudad que vive el tránsito entre tiempos viejos y tiempos increíbles. Es el olor poético que exhalan las piedras y los cuerpos antes de la revolución. Un olor a otoño caedizo, suaves podredumbres, un cierto dolor placentero en el aire que te entra por las narices, mientras el paisaje se hace melancolía y los gestos de las gentes adquieren lentitud, pierden movimiento en espera de la foto fija previa al estallido.

—¿Era usted comunista?

—Era americano. ¿Le parece poco, amigo? Cuando presencié la quinta defenestración me planté en el despacho del responsable de seguridad y le dije: Mire, yo he visto muchas cabronadas en esta vida y no me voy a asustar por una más. Pero, por favor, sean más imaginativos. Me contestó que el suicidarse saltando por la ventana era una vieja costumbre checoslovaca. ¿Checa o eslovaca?, le pregunté. Aquella noche recibí la respuesta. Vino a buscarme la policía a casa. Les gasté una broma sobre la necesidad de telefonear a mi embajador. Muy amablemente me arrancaron el hilo del teléfono y me invitaron a seguirles. Dos horas después estaba ante un funcionario que después haría carrera en Hollywood interpretando papeles de funcionario estaliniano.

—Tiene veinticuatro horas para abandonar el país.

—No corra tanto, amigo. No tengo ninguna prisa por marcharme.

—Usted quizá no, pero nosotros sí. Últimamente no nos gustan los comentarios que envía a su periódico.

—¿Lo dice por lo de las defenestraciones?

—Veinticuatro horas. Elija frontera.

—La URSS.

—No creo que su presencia sea bien acogida allí.

—Bueno. Me iré a Austria.

—Muy sensato.

Me despedí de mis amantes de la ciudad. Para cada una tuve palabras de ánimo y la promesa de venir a liberarlas al frente de una columna de tanques de cualquier país defensor del socialismo autópico.

—¿A qué país se refería?

—A uno que tenía entre ceja y ceja y al que jamás he llegado. Pero tenía que decírselo. Pertenezco a la primera generación educada en el *happy end* cinematográfico. Hasta nosotros también se tenía la ilusión de que los conflictos acaban. Por eso siempre se han planteado mal los conflictos personales, sociales, históricos. La debilidad ética del hombre le induce a creer que las pesadillas terminan y además que terminan bien. El cine ha hecho todo lo demás. Las historias terminan y por lo general bien o en algunos casos excepcionales, terminan dramáticamente. Pero a poco que mires la vida propia y ajena con los ojos abiertos descubres que ninguna pesadilla termina del todo, porque la vida misma es una pesadilla y la historia también. A lo sumo se consigue mejorar las condiciones de la pesadilla en la que te hallas metido, pero jamás sales de la pesadilla. No sé si me explico. El colmo del colmo eran las indecencias de Frank Capra. ¿Recuerda usted las películas de Frank Capra? ¿Los finales? ¡Qué inmoralidad! Ya es nauseabundo que una historia de amor entre dos termine en el beso del *happy end*. Pero traspasa todos los límites de la promiscuidad ese beso final colectivo de las películas de Frank Capra. Y quien más quien menos va por ahí dispuesto a creer en el final de sus conflictos, incluso en el final feliz. La culpa la tienen los curas y el cine. No me equivoco. ¿Me sigue? Te educan en la esperanza del paraíso y te conducen por el camino que lleva al absoluto. Y cada día reduces a la escala de tu vida cotidiana la conquista del paraíso y el camino del absoluto. A lo sumo consigues volver a casa y dormir en paz. Muy poca cosa más que el *sinantropus pekinensis*. No divaguemos. Yo les dije a mis chicas de Praga:

—Un día oiréis la música de la libertad, veréis la bandera de la libertad y por las calles desfilará el ejército de la libertad con la escarapela tricolor, la bandera roja de la madre de Gorki y en la punta de las picas ensartadas todas las cabezas de la tiranía. Y al frente de ese ejército vendrá Paul Verlaine recitando sus poemas a la Commune.

Ils nous ont enchaînés. Mais les chaînes son faites
Pour tomber sous la lime obscure el pour frapper
Les gardes qu'on désarme et les vainqueurs en fête
Laissent aux évadés le temps de s'échapper.

Será la tropa del socialismo sentimental, inteligente y anárquico con tanta fe en la historia como para permitirse la generosidad de la libertad.

—¿Y las chicas? ¿Qué contestaban?

—Que les enviara medias de cristal desde Occidente y una foto de Tyrone Power dedicada si le veía por Hollywood. También me regalaban dulces del país, unos horrorosos polvorones aguardentados y reliquias de santos inexistentes. Así es que no malgasté más trémolos líricos, hice las maletas y cogí el tren que llevaba hasta la frontera. Aun allí me esperaban pesadas evidencias. ¿Nunca ha tratado usted de entrar o salir de un país socialburocrático? Amigo. Uno ya ha enseñado todos los papeles que lleva, hasta el kleenex y la cartilla de racionamiento y aún falta algo. Siempre falta algo. Tampoco fui bien acogido en el otro lado. Tenían una lista de ex miembros de las brigadas internacionales y me llevaron a un despacho de la comandancia americana. Un adorable jovencito rubio de Nueva Inglaterra, con la pistola sobaquera en su sitio y la mano derecha siempre merodeando la propia bragueta.

—¿Es usted comunista?

—Soy americano.

—¿Por qué lo han expulsado de Checoslovaquia?

Me le quedé mirando con una cierta indisciplina. Le hice un corte de mangas con el estilo inimitable de los catalanes, un estilo que había asimilado durante la guerra en Cataluña. El jovencito no sabía si llevar la mano a la pistola sobaquera o a la bragueta. Yo pensé: «Si llevas la mano al sobaco te sacudo una patada en la cara y si la llevas a la bragueta, pues allí.» Pero se contuvo. Quería que nuestra historia terminase y bien. Puso en su voz un tonillo de mezzosoprano para decirme:

—Ha sufrido usted mucho. Tiene los nervios destrozados. ¿Le han torturado?

—Mucho. Y de una manera sádica y refinada. Esperaban a que yo pasase por debajo de las ventanas para defenestrar a los dirigentes. Y cuando yo llamaba a un guardia para que socorriera a la víctima, me enviaban guardias sádicos que se limitaban a comentar: «¡Hum! ¿Está usted seguro de que se ha caído de esa ventana?» Y no terminaba la cosa. En la ventana aún estaban asomados los defenestradores, que con mucho sentido del humor decían: «De aquí no, señor guardia. Nosotros no nos hemos movido de la ventana desde hace dos horas.» Torturas refinadas.

El jovencito no sabía si desterrarme al desierto de Mohave, aplicarme un electroshock o seguirme la corriente.

—¿Lo ve usted? Les hizo el juego en la guerra de España y ahora mire en qué se han convertido.

Desde mi silla en la comandancia americana oía cómo se corría lentamente el telón de acero y me dolió en el alma que aquélla fuera finalmente la fachada resultante de tanta esperanza, de tantos sacrificios revolucionarios. El jovencito me preguntaba por mis proyectos.

—Quiero hacer cine en Hollywood. Soy Humphrey Bogard, mamarracho. ¿No te habías dado cuenta?

Me pagaron el pasaje de vuelta a casa. Illinois o Los Ángeles, qué más da. Le di un beso a mi madre mucho antes de morir, porque aún resistió la vieja hasta 1971 y tuvo que ser un autobús de los que tienen la terminal en Beverly Hills el que desmoronara para siempre aquella arquitectura de huesos activos. El beso que le di a mi madre no me pareció suficiente motivo para seguir viviendo y ya entramos en la angustia de cómo envejecer con un mínimo de interés y dignidad entre 1948 y el *happy end.*

—¿Lola?

—Durante muchos años no supe de ella. Compréndalo. No es el momento.

—Perdone.

—Los sentimientos son los sentimientos. A lo que iba. Un amigo de la infancia me propone montar un negocio a medias: una compañía de aviones de transporte frutero en América Central. Con sus ahorros, unos créditos y mi trabajo, pusimos en marcha la Condor Air Lines entre San Cipriano y Santa Tecla.

—¿Qué países cubrían?

—Todos.

—¿Todos?

—Todos los que nos interesaba cubrir.

—¿No podría ser más explícito?

—Siempre he preferido ser implícito y además es asunto mío. Aquella aventura no lo fue hasta dos o tres años después. Nos limitábamos a llevar toneladas de bananas que casi salían por los descosidos de aquellos aviones rescatados al desguace. Mi socio se quedaba en tierra y hacía las cuentas. Yo era el único piloto, tenía mi residencia fija en Santa Tecla, vivía con una criolla que se llamaba Flor de Té. Tuvimos un hijo que se nos murió, al que a veces envío dinero y alguna carta encareciéndole que se porte muy bien con su madre. Y así pasaba los días que alguien o algo me había concedido en este planeta, cuando un día veo que me han cargado el avión de mercancía distinta de la habitual.

—¿Qué es eso?

—No preguntes. Has de tirarlo al llegar a estos puntos. De una en una.

Parecen bidones de mermelada. ¿Qué hay dentro?

—No preguntes.

A mí decirme que no pregunte. Le puse una mano en el gaznate al socio y un minuto después lo sabía todo. Había alquilado los aviones a la CIA para bombardear Guatemala. Nuestra compañía se inscribía como mercenaria en la corta lucha del coronel Castillo Armas para derribar al presidente Arbenz.

—Tíralas tú.

—¿Qué más te da? Ese Arbenz es un rojo y a nosotros nos pagan por esta operación todo lo que ganaríamos en un año.

¿Qué podía contestarle yo? ¿Cómo podía destruir mi propia imagen en unos segundos? Yo ya sabía que era una imagen completamente rota. Sin ningún crédito ya en ningún mercado de valores, de cualquier lugar, a cualquier nivel, según cualquier orientación. ¿Qué sentido tenía ser Humphrey Bogart en el contexto de la guerra fría? Me lo planteé ante una botella de ron cubano que fue sustituida por otra y por otra. No sé si le he dicho que Santa Tecla es un poblado marinero y al mar me fui por si Ava Gardner me restañaba las heridas del tiempo con agua de mar y con aquella piel espesa y suave, inimitable. Pero sólo las gaviotas me enviaban su mierda para que me la pusiera sobre las heridas. Así es que me fui al puertecillo, le pregunté a un viejo pescador cuánto me costaría un viaje hasta la isla del Caribe más próxima. Acordamos el precio, le metí entre pecho y espalda otra botella de ron y el barco ebrio cruzó los mares en busca de un final distinto al que me habían preparado.

Adiviné que nos acercábamos a alguna costa por el rastro de palmas flotantes y el vuelo de los alcatraces. La niebla no dejaba ver los acantilados desde los que los pájaros se lanzaban como si realmente practicaran vuelo sin motor o sin corazón. La línea de la costa era un frente de palmeras bien peinadas y al fondo livianas montañas verdes y amarillas ocupaban el espacio que le podían quitar a un cielo casi tan azul como el mar. Un yate marcó ante nuestra proa la estela de su despreocupado cruce y aunque mi patrón se cagó en la madre que parió al timonel del yate, lo atribuí más al mal humor que desde hacía horas le embotaba que a la propia malicia de la maniobra. No obstante me sumé a sus gritos y dediqué media docena de cortes de mangas a los pasajeros que nos miraban divertidos o curiosos desde la popa. De pronto el crucero dio la vuelta y nos apuntó con su quilla..

«Ese joputa viene por nosotros», dijo el patrón con un gallo en la voz. Yo me palpé la navaja del bolsillo y me dispuse a lo peor. Nos flanqueó el yate y entonces vi a Ernest Hemingway disfrazado de lobo de mar, con su tupé postizo de pecho agitado por la brisa del Caribe y una sonrisa de reencuentro desdeñoso en el borde de los labios.

—Bogey. ¿Te diviertes?

—No tanto como tú, seguro.

—Me dedico al trato de esclavos. ¿Me sigues?

Cogí mi chaqueta. Le di mis últimos cien dólares al patrón y le comuniqué que volviera a Santa Tecla o se quedara en la isla que avistábamos, pero que a partir de aquel momento nuestros caminos eran distintos. Subí al yate de Ernest y vi que mi ex patrón apuntaba con decisión hacia la isla misteriosa dispuesto a gastarse con libertad y con alegría los cien dólares.

—¿Qué isla es ésa?

Hemingway consultó una carta geográfica.

—Tú lo has dicho. Jamaica.

—Yo no he dicho que fuera Jamaica.

—Pero habría sido muy lógico que lo hubieras dicho.

Charles Laugton estaba en la proa tratando de cazar alcatraces con un arco y flechas. Me miró de reojo con los labios torcidos e inclinó suavemente la cabeza. Sobre la madera deslucida del puente tomaba el sol desnuda una muchacha.

—¿Os conocéis?

—No.

—Lauren Bacall. Una chica que pronto tendrá su oportunidad en Hollywood.

Hemingway le pellizcó el culo a Lauren Bacall. Me presentó a un anteojero con sonrisa de irlandés en celo electoral.

—Míster Joe Kennedy, un eminente político y financiero de Boston. Sus dos hijos mayores: John y Bob.

El trío Kennedy me cayó antipático desde el primer momento. El padre iba por el mundo con un piano a cuestas y de sus bolsillos sacaba pretextos para que los nenes tocaran el *Para Elisa* delante de los invitados. Completaban la expedición un par de marinos, una hagiógrafa sueca de Hemingway y una lady inglesa, loca perdida por el viejo Kennedy. Laugton apenas sí se hablaba con sus compañeros de viaje. Actuaba como si se tratara del infiltrado de un poderoso pirata que no tardaría en abordarnos. Incluso cometí la torpeza de decirle a Hemingway que no me fiaba de Laugton y que un día u otro nos traicionaría.

—Le colgaré del palo mayor en cuanto advierta la más mínima.

Otro factor de molestia era Lauren Bacall, que estaba neura y me decía una y otra vez:

—Cuando me necesites, silba y vendré.

Ni caso. Como tampoco hacía caso a sus vanos intentos de congregarnos al atardecer en el puente para que escucháramos canciones «centroeuropeas», decía la imbécil, acompañadas por una concertina que le había regalado su padre. Hemingway reunía las tres cordialidades más molestas con que uno puede topar en el mundo: La de anfitrión de la generación perdida. Abrazaba a todo el mundo, como si todos fuéramos cómplices en aquella loca aventura de ir dando vueltas a una isla de la que no nos constaba ni siquiera el nombre.

—¿Cuándo bajaremos a tierra?

—Cuando se nos acabe el combustible. Aún hay para dos o tres días.

De vez en cuando venían chalupas con emisarios del gobernador. Rogaban a Hemingway que aceptara la hospitalidad de la ciudad... Hemingway no les dejaba hablar. Practicaba el tiro al blanco contra los faros de la chalupa o las gorras de los tripulantes. Había dado la orden a sus marinos de que tocaran rebatos de tambor y llamadas de trompetas cada vez que se acercaran emisarios del gobernador. Por fin consiguió que viniera una patrullera con la bandera inglesa y nos cañoneara prudentemente. Hemingway les dijo mediante señales de banderas que era Ernest Hemingway y que a partir de aquel momento consideraran que había declarado la guerra al Reino Unido. Dispararon entonces contra el mástil central y lo convirtieron en una nube de teas chamuscadas. Hemingway hervía de entusiasmo y multiplicaba las idas y venidas y las órdenes. Los chicos Kennedy recibieron la consigna de acercarse a nado a la patrullera y volarla con cartuchos de dinamita. En cuanto les vi nadar sobre la espalda del mar me di cuenta de que no iban a ir a parte alguna. No tenían el don de la adecuación y practicaban en pleno Caribe un crowl de piscina olímpica sin oleaje. Les cazaron casi al lazo con neumáticos y cuerdas y Hemingway hizo un cálculo realista de la situación.

—Estamos en inferioridad de condiciones. Nos rendimos.

Laugton sonreía mordaz.

—Me pareció algo descabellado desde el principio.

Fue entonces cuando le cogí por las solapas y casi le salpiqué con las gotas de humedad de mis ojos.

—Estás en el mismo barco. ¿O no?

Los ingleses nos esposaron y nos metieron en un calabozo del castillo que dominaba la bahía. En cuanto el gobernador supo quién era Hemingway, le pidió un autógrafo y le invitó a cenar. Ya no le volvimos a ver en la cárcel y algo consiguió en su cena a alto nivel, porque al día siguiente nos dejaban en libertad al tiempo que cruzaba la calle mayor Charles Laugton montando en calesa; en sus gordezuelos dedos empuñaba la sombrilla que protegía del sol a la hija del gobernador. Ni me lo pienso. Salto al carruaje y de un manotazo convierto la sombrilla en un objeto perdido. Me siento frente a la hija del gobernador que se parece a Linda Darnell como sólo podía parecer Linda Darnell a sí misma. Laugton ya ha sacado un pistolón de la pechera y me marca un circulito blanco sobre la piel asomante del pecho. No dejo de mirar a la dama. La dama no deja de mirarme.

—Dime, Charles. ¿Dónde se puede comer caliente? Tú tienes cara de haber comido caliente.

—Si es por eso...

Naturalmente era la dama quien hablaba así. Me puso ante un plato donde humeaba un *jarret* indescriptible. Comí con los dedos ante el regocijo de Linda Darnell y la desdeñosa crispación de Laugton. Pero cuando mis labios casi se rompieron para dejar salir un regüeldo de guerra, Laugton volvió a empuñar la pistola y me apuntó con decididas intenciones. Salté y le pisoteé los pies, su punto débil. Aullaba como un cachorrillo al que le hubieran cortado las patas,

—¡Es usted... Es usted...!

—¿Qué soy yo, nena?

—Es usted cruel...

Era muy mona y lloraba levemente. La besé detrás de la puerta de la despensa, con la música de fondo del lloriqueo de Laugton y entre el aroma de los embutidos puestos a secar. Sábanas de lino tenía en su cama la hija del gobernador, y dentro del colchón crujían misteriosos vegetales secos que convertían el amor y el sueño en una cabalgata sobre mar crujiente. Las ventanas de su habitación daban a la plaza del mercado, donde crecían los tenderetes y los vendedores casi por la magia de una escenografía tropical de película de los años cuarenta. Yo esperaba que de un momento a otro sonaran los acordes de *El Manisero* y desde la calle arriba empezaran a descender descalzos bailarines enfrutados, con las caderas revoltosas y las piernas como látigos. Pero en su lugar creció una multitud armada que empezó a disparar contra el palacio del gobernador.

—Nena. ¿Quiénes son ésos?

La chica se asomó a la ventana e hizo un mohín de fastidio.

—Los patriotas nacionalistas. Vienen cada quince días e intentan un golpe de estado. Pero hoy son más.

Fruncía el ceño. Yo me recosté en la cama y crucé los brazos tras la nuca.

—¿Y te quedas ahí, así?

—Siempre he sido un patriota nacionalista. Por mí pueden tomar el palacio y lo que quieran.

Tres horas después yo tenía sobre mis ojos veinte cañas de fusiles esperando el menor movimiento. Los fusiles y yo mantuvimos una larga expectativa hasta que una voz los apartó de mi cara, pude levantarme y tuve ante mí a Romo Betencort, emancipador de pueblos.

—Menos mal que he llegado a tiempo.

Ernest Hemingway estaba detrás de él y a su lado adiviné al embajador norteamericano. Ernesto hizo las presentaciones. Habló displicentemente de los tres: de Romo, del embajador y de mí. Yo les rogué que respetaran la vida de la hija del gobernador.

—Ya está volando con su padre hacia Londres.

Fue hacia la madrugada. Ernest dormitaba en un pasillo del palacio, con todo su cuerpo convertido en una botella de ron. Romo divagaba sobre el futuro mientras los cometas se deshacían sobre el Caribe.

—Por cierto. Cuento con usted. Le nombraré jefe de gobierno.

—¿Habla de mí?

—Sí.

Rechacé con la mano el ofrecimiento, pero mentalmente no estaba tan mal predispuesto. Al fin y al cabo era una de las experiencias que faltaban a mi vida.

—No es lo mío, Romo. Tú ya tienes tu destino trazado. La literatura, la política y algún que otro exilio en la embajada americana, y por ahí lo tienes todo. No es que yo sea un revolucionario, pero me preocupa la relación entre la Historia y la Estética. Tengo ideas muy simples sobre la estética histórica. Una revolución es lo más difícil y al mismo tiempo algo muy simple que no encaja con lo que tú estás haciendo. Y al cabo no me interesa complicarme la vida si no es por algo difícil, simple y útil. Tú te has limitado a cambiar la bandera del mástil.

—¡Desde dentro podrás cambiar la naturaleza del poder!

Acepté. Pero quise ser un cargo sin nominación concreta. Algo así como un Gran Visir sin tarjetas de visita, con la exclusiva capacidad de decir eso está bien o eso está mal. Trabajé varios días en busca de una fórmula moral que me permitiera crear una norma de conducta política estable. Yo aceptaba el principio natural de: «No hagas a los demás lo que no quisieras que te hicieran a ti.» ¿Pero desde qué partía yo? Ya se metía en este esquema, incluso en ese esquema, el lío de la lucha de clases. Si la formulación la establecía un burgués haría una norma de la propiedad privada, porque no querría quitársela a los demás para que no se la quitaran a él. Tampoco podía partir de la conciencia de un marginado como yo, desasido de cualquier lazo en los cielos y en la tierra. Y si partía de un sujeto proletario se me echarían encima la mayor parte de fuerzas coaligadas junto a Romo. Así es que lo dejé en: «No hagas a los demás lo que no quisieras que te hicieran a ti, salvo si se lo haces en interés de la mayoría.» Romo encontró preciosa esta fórmula y la hizo colocar con letras de oro en todos los despachos oficiales. Me llevaba a todas partes y en todas partes me presentaba como su inspirador político. Poco a poco me di cuenta de que aplicaba mis principios según su conveniencia y que a veces se justificaba tomando mi célebre frase en sus partes y no en el todo. Me explicaré:

No hagas a los demás.—No hacía casi nada por los demás.

Lo que no quisieras que te hicieran a ti.—Era intocable, casi innombrable.

Salvo si es en interés de la inmensa mayoría.—Y todo pillaje, expolio o tortura se hacía en nombre de tan abstracta criatura.

«¿Lo dejo correr?», pensé ya a los tres meses de compartir el poder. Pero me dije: yo no soy la conciencia del mundo y unos años de reposo geográfico e histórico me sentarán bien. Así es que me dio por el cinismo político durante una temporada. Acompañaba a Romo a las recepciones y era el mejor bebedor del gobierno, el que más y mejor aguantaba los maratones de ron del señor presidente. Todo fue bastante bien, por no decir bien, hasta que se produjeron los hechos del fuerte de Santa Margarita. Los cortadores de caña de la provincia occidental se declararon en huelga. Fueron detenidos doscientos, encerrados en el fuerte de Santa Margarita y de allí sólo salieron con los pies por delante. Aconsejé a Romo que diera un escarmiento entre el mando carnicero que había ordenado la matanza.

—Pero, Bogey, eso no me gustaría que me lo hicieran a mí.

Metí cuatro cosas en una bolsa de lona y me fui al aeropuerto. Allí me esperaban cinco tipos de la guardia pretoriana.

—El señor presidente nos manda a por usted.

Pegué un puñetazo en la nuez del más adelantado y una patada en el carnet de identidad sexual del morenito que venía inmediatamente a continuación. Tuve que arrepentirme del arrebato, porque horas después me habían molido a golpes y destrucciones físicas y morales. Era yo un guiñapo roto, sucio y sangriento lamiendo mi propia sangre de los labios como único brebaje para la sed. El morenito al que había hundido la nuez me había dado un trato especial en los riñones y me dolían con sólo respirar. Romo me hizo llevar ante su presencia.

—¡Santo cielo! Pero ¿qué te han hecho, Bogey? Eso no está bien. No, señor. Pero la culpa la tienes tú. No debías haberte resistido. Al fin y al cabo yo sólo quería volver a discutir contigo lo del fuerte de Santa Margarita y el porqué de tu marcha.

Por primera vez en mi vida utilicé las ventajas de ser ciudadano americano y amenacé a Romo con el escándalo que representaría mi detención, las torturas y la posible muerte. Romo ya debía de estar prevenido, porque el embajador asistía a la entrevista sentado a su derecha.

—¿Usted qué cree, míster Brent?

El embajador tasó las destrucciones de mi cuerpo con una mirada rápida y sabia.

—Por un tipo como éste nadie moverá ni un dedo.

—¿Lo oyes, Bogey? Pues a pesar de todo te dejaré marchar. Los tiranos somos así, caprichosos y sentimentalmente frágiles.

Me dieron un baño de alcohol que me hizo aullar a la luz de la luna, me untaron con mercurocromo, me apuntalaron algunos huesos con vendajes fuertes, me pusieron mil dólares en el bolsillo de un traje blanco que me venía grande y me metieron en una avioneta con rumbo desconocido.

—¿No puedo elegir mi destino?

El piloto era hombre de pocas palabras, pero de alguna sonrisa. Sonrió.

—Dígame al menos dónde me lleva.

—Según la gasolina.

La gasolina le duró hasta el Yucatán. Allí me dejó en el aeródromo yutero de Tizaltlan y a mí me pareció como si me volvieran a dejar en Santa Tecla y la aventura terminara donde había empezado. En mis manos lo mismo que al principio, la misma porción de nada y para nadie. Pero tienen razón los que ven la vida como algo unidireccional, con una tendencia aproximada hacia el éxito como polo de atracción de todo movimiento. Así es que preferí caminar hasta el pueblo más cercano y dejé de reflexionar, ganado por la necesidad de encontrar techo, comida y algo que hacer.

—¿Va para largo?

—¿Qué?

—Su historia.

—Según se mire.

—Mi paciencia tiene un límite.

—No se preocupe, pronto reaparece Lola y observo que la historia cobra interés para usted sólo cuando sale esa mujer.

—Me interesa su muerte. Y quiero que lleguemos a ella cuanto antes.

—Estábamos en Yucatán y yo caminaba hacia Tizaltlan por una senda de polvo amarillo entre la costa y la selva virgen. En Tizaltlan me ven llegar y no me hacen preguntas. Un caminante más entre dos puntos que les interesan. Con los mil dólares alquilo una casa en las afueras y cuatro hectáreas. Fue una decisión rápida y sólo motivada por el deseo de hacer algo. Cuando tuve las hectáreas en mi poder caminé por ellas un día y otro día preguntándome qué iba a hacer de aquella tierra, sólo apta para el sisal. De momento no tenía problema de comida, porque en el granero abundaban los sacos de legumbres, y en el corral había gallinas y faisanes como días tiene el año. Así es que me avine a seguir el ciclo de lo que ya estaba plantado y esperar. No tuve que esperar mucho. El hombre vestía un traje de buen corte, pero iba sin corbata.

Se cubría con un panamá nuevo. Era alto y con una tendencia a la obesidad contenida en los límites justos gracias al ejercicio físico. Se notaba en lo poderoso de sus movimientos a pesar del peso y la estatura. Me habló en un cubano educado y bien acabado. ¿Cuánto dinero pedía yo para alquilar mi finca durante siete u ocho meses?

—¿El alquiler me incluye?

—No. Usted podría tomarse unas vacaciones y al cabo de unos meses recupera la finca y sanseacabó.

—¿Puedo saber para qué la quieren?

—Su ignorancia va incluida en el precio.

—¿Trata de blancas, de negras, de blancos, de negros?

Se limitó a negar y sonreír.

—Les dejo la finca gratis si me dicen para qué es y me gusta.

Se tambaleó el edificio de sus convicciones. Lo vi claramente a través de sus ojos y en el parpadeo ágil de un instante.

—¿Quién es usted?

—¿Y usted?

—Yo pregunté primero.

Le conté mi vida, salvo lo de Lola, o también lo de Lola, pero muy por encima. El hombre se serenaba por momentos.

—Ni buscado a propósito. Usted es nuestro hombre. Mi nombre es Fidel Castro Ruiz.

¿Quiere que continúe? Se me llenaron las hectáreas de cubanos que se pasaban todo el día dando saltos sobre montones de troncos, cuerpo a tierra o peleando a puñetazo limpio con su sombra. Había de todo: viejos y jóvenes, blancos y negros, hasta un semiespañol que daba órdenes y al que me presentaron como si me hicieran un favor sentimental, porque también él había participado en la guerra de España. Una noche les oí discutir sobre la conveniencia de que uno de ellos viajara a Cuba para contactar con alguien en Santiago y dejarlo todo a punto para el futuro desembarco y el levantamiento. No se ponían de acuerdo. Todos querían ir, enfebrecidos de martirologio, porque mal podía acabar el regreso a Cuba de toda aquella gente superfichada por la policía de Batista.

—¿Cuándo quieren ir?

—Entre el tres y el cinco de julio.

—Yo no tengo nada que hacer esos dos días, el seis sí. He de recoger los huevos que dejan las gallinas.

Fidel me miraba emocionado porque caía en el error de valorar mi desinterés personal y mi compromiso revolucionario. Habría sido inútil explicarle que estaba hasta el galillo de vivir en aquel campo de adiestramiento, sin otros interlocutores que las gallinas o el coronel Bayo, con el que ya habíamos repasado quinientas veces todos los lances de la guerra de España. Debía llegar a Cuba como un turista más, contactar con Frank Pais y Celia en Santiago, entregarles un mensaje de Fidel y volver por donde había venido. Si se complicaba la cosa, alguien me llevaría a un punto de la costa donde podría embarcar en un yate colaborador. El asmático argentino que siempre iba junto a Fidel tatareando el tango:

> La luz de la luna mojó tus pestañas
> cuando se entornaron, jurándome amor.
> Su boca, su risa, sus caricias, todo...
> se plasmó en mi vida como talla y flor.

... me dio las últimas instrucciones mientras caminábamos bajo el cielo del Yucatán, un cielo abovedado y con estrellas pintadas a mano por cualquier chiquillo mexicano, con la única condición de tener los ojos grandes y rasgados para poder contemplar el espacio hasta los bordes. Olía la noche a henequén y selva, pero había brisa de tierra a mar y el argentino se fumigaba la garganta con una mano, mientras con la otra se fumaba un puro de medio kilómetro. Yo masticaba un pedazo de maguey y escupía las virutas lo más lejos posible contra las paredes de la noche. El argentino asmático hablaba entre fumigación y bocanada. Ni siquiera la noche borraba sus rasgos de muchacho socarrón y voluntarioso, que me ponía al corriente de mi propia aventura con un tono humorístico.

—Y no se nos muera, gringo, sin habernos visto desfilar triunfantes por las calles de La Habana.

—No me gustan los desfiles triunfales.

—Es usted un anarquista del carajo o Gary Cooper.

—Dejémoslo en Humphrey Bogart.

—Es verdad. Le va mejor el tipo. Es usted Humphrey Bogart. ¿Quiere?

Me ofrecía lo que llevaba en las manos.

—Ni tengo asma ni me gusta fumar.

—Hombre sin vicios, vamos.

Llegué a La Habana y seguí las instrucciones de Fidel y el Ché con los gestos de un comando que tiene la lección bien aprendida. Jugaba a disciplinado y obedecía la orden de no tomar ni siquiera un taxi, nada que pudiera individualizar mi relación hasta el encuentro con Frank Pais. Cogí un tren de carbón que iba a Santiago, rodeado de mujeres enchiquilladas que repartían coscorrones y pan untado en un pringue marrón con la misma dedicación y actitud. Yo no sé cómo habrá arreglado Fidel el problema de los trenes, pero yo no recordaba nada igual desde los tiempos en que había viajado de Mora de Ebro a Barcelona en un permiso concedido durante la guerra de España. Pensé que los trenes parecidos llevan siempre a gentes parecidas y que los campesinos aragoneses o catalanes se parecían en lo sustancial, a pesar de los accidentes, a los campesinos cubanos que llenaban aquellos vagones de tercera, con su jerga oscura que se parecía al castellano de Fidel como el inglés de un apache tartamudo al inglés de Chesterton. Me pareció como si de un momento a otro me preguntarían cómo estaba el frente, si ellos conseguirían cruzar el Ebro o si había alguna posibilidad de aguantar hasta el invierno. Las mujeres negras no me preguntaron nada del frente del Ebro y yo contenía en la garganta la angustia por tanta historia intransferible y las ganas de hablarles del campamento del Yucatán, del asmático, de Fidel, del rollo del coronel Bayo y su historia del desembarco en Mallorca. Rechacé varias ofertas de comida y me quedé dormido a pesar de las voces, de los gritos, de los saltos de las ruedas sobre cada traviesa, del calor que nos cocía las junturas del cuerpo como si quisiera fundirnos y darnos otra forma; la de animales cansados y sentados. Del campo llegaba olor a mango, a caña nueva cuando me desperté, noche cerrada y las luces de Santiago agrandadas por el ajetreo de descenso de mis compañeros de viaje.

Frank Pais me esperaba en la estación. Me pareció algo taciturno y despegado. Echó a andar sin pararse a mirar si yo le seguía. Durante media hora caminamos por las calles de Santiago sin decir ni una palabra. Él delante y yo detrás. Subimos a un quinto piso sin ascensor. En la habitación sólo había un camastro, una mesa llena de papeles y libros y las paredes casi forradas de paisajes turísticos recortados de revistas. Frank leyó las instrucciones de Fidel y se sentó a la mesa donde empezó a escribir lo que supuse una respuesta. Por la ventana penetraba el resplandor sincopado de los rótulos luminosos. En la calle los cabarets parecían ensartados en una ristra y los voceadores caían en picado sobre el público lánguido en mangas de camisa. Entonces vi su fotografía coronada por una diadema de lucecitas rojas y verdes. Parecía la misma que veinte años atrás, cuando la conocí en Berlín.

—¿Va para largo?

—¿Tiene prisa?

—Si ha de escribir mucho rato me bajo a la calle y volveré a subir.

—¿Le gusta la juerga?

—Aquí enfrente actúa una vieja amiga mía.

Pais se encogió de hombros.

—Media hora.

—Suficiente.

Bajé los cinco pisos con el corazón en la planta de los pies. Avancé por el túnel de mi deseo hasta entrar en el local cuya miseria y destrucción entonces no me importó. La marcha de luz blanca caía sobre ella y sus cejas arqueadas aguantaban con éxito el peso de la luz.

Nací junto a un río
su nombre qué más da
es un río que muere en el mar

si queréis llamarme
el nombre qué más da
bien pronto lo vais a olvidar

en mi piel hay galones y estrellas
que no os quiero enseñar
he ganado batallas y guerras
que no os voy a contar

en mi piel hay heridas y huellas
que no os quiero enseñar
he perdido batallas y guerras
que no quiero recordar

Nací junto a un río
su nombre qué más da
es un río que muere en el mar

si queréis llamarme
el nombre qué más da
bien pronto lo vais a olvidar

En el escote llevo el dinero
que habéis querido pagar
y aquel que no tenga miedo
que lo venga a buscar

en la liga llevo un cuchillo
muy fácil de manejar
su hoja ya no tiene brillo
de tanto que la he de usar

Nací junto a un
río su nombre qué más da
es un río que muere en el mar

si queréis llamarme
mi nombre qué más da
bien pronto lo vais a olvidar

Ni siquiera aplausos. O sólo los míos. Y Lola me separa de los otros con sus ojos paralíticos. Se vuelve sombra cuando sale del rayo de luz y la tengo veinte años más cerca, disfrazada de sí misma, huellas del tiempo bajo el maquillaje plastificado.

—Estoy de paso.

Ella cierra los ojos.

—Pronto me iré,

—¿A Illinois? ¿Al infinito?

—Ni siquiera a Illinois, ni siquiera al infinito.

—¿Tienes tiempo para una copa?

Los daikiris tienen una insospechada tristeza, constelación de hielos que agonizan y dejan en la boca un sabor pasajero. Lola se empolva la nariz como en los mejores tiempos y yo sólo tengo hombros que me pesan sobre la barra y sólo tengo horizonte delante, porque me molesta mover la cabeza, sacudir imágenes, ideas, mientras las manos se enfrían en torno a la copa y el sentimiento me ahoga el pecho.

—¿Mucho tiempo en Santiago?

Lola ni siquiera sonríe. Me mira como tratando de clasificar mi voz entre las especies animales. Frank Pais se recorta en la puerta y avanza hacia nosotros. Se recuesta a mi lado sin decir nada. Presento a Lola. Pais inclina la cabeza y sorbe un daikiri.

—Es tarde.

Empujo a Pais hasta el extremo de la barra. Sin darme cuenta le estrujo los brazos con mis manos.

—Será tarde para usted. Yo no tengo prisa.

—Todo puede cambiar en unos minutos. He recibido una llamada alarmante. La policía ha detenido a camaradas y mi nombre estaba en casi todas las agendas.

—Déme la carta para los de México y largo.

—No se lo tome así.

Me meto la carta en el bolsillo interior de la chaqueta y vuelvo hacia Lola, que me espera con la mirada hundida en el agonizante hielo de la copa. Pero entonces el local se llena de voces más altas. Una escuadrilla de policía sobrevuela hacia nosotros. Vuelvo los ojos y veo a Pais corriendo hacia la salida trasera. Instintivamente le sigo y tiro de Lola. Los tres corremos por un callejón de mellado empedrado. Oigo un ¡alto! muy próximo. Un disparo. Dos. Pais corre y me hace gestos de urgencia. Se para ante un coche aparcado. Rompe el cristal de la ventanilla. Me tiro casi en horizontal dentro del coche y arrastro a Lola en mi caída sobre el asiento trasero. Pais arranca y se lanza con el coche por delante contra la policía que nos apunta con la pistola. Da un salto para evitar el choque. Pais sólo mueve las pestañas. Ni siquiera las manos, fieles a la línea recta de la calle. Zumba el coche, abrazo a Lola. No sé el tiempo que ha pasado cuando oigo la voz de Frank Pais.

—Ya no nos pillan ahora. Con los gandules que son. Ya no nos pillan.

Pais se vuelve a nosotros y sonríe. Es la primera sonrisa. Es mucho más duro que yo.

—¿Y qué hago con vosotros?

—Será con éste. Yo no entro ni salgo en vuestros asuntos.

—Usted no puede volver. Ya la habrán identificado. La detendrán. La interrogarán. Lo pasará mal. Es mejor que se esconda con su amigo y les haré salir de la isla por la puerta trasera.

Lola se puso histérica. Nos insultó. Sobre todo a mí. Todo lo había perdido. El contrato y la ropa. Pais no le hacía caso, pero yo estaba doblemente en deuda con ella y trataba de darle argumentos. Finalmente me harté y la abofeteé dos veces. Los ojos de Pais abandonaron la carretera y buscaron los míos.

—No me ha gustado eso.

—Y a mí qué. Usted mire la carretera y no se meta donde no le llaman.

—Suelo hacerlo.

—Yo también y por eso estoy en este estúpido lío.

Nos escondió durante tres días en la costa en un almacén de salazón abandonado. Si la policía nos decía algo debíamos pasar por americanos excéntricos y vagabundos. Lola había perdido el humor, pero no la pasión. Seguía teniendo aquellos descensos lentos, como el de su cabello sobre mi piel cuando se inclinaba para besármela. Por eso llegamos al momento del embarque con las manos unidas, aunque estaba nervioso porque temía lo peor.

—¿Por ejemplo?

—Que el patrón del yate que venía a buscarnos fuera el mismísimo Hemingway. Ernest era como los tiburones. Huelen la sangre de la historia y allí acuden, sobre todo si es sangre alegre.

—¿Era el yate de Hemingway?

—Aún peor. Era el de Erroy Flynn. Nada más darme cuenta ya estaba dispuesto a tirarme al mar y dejarle a Lola por anticipado. Erroy tenía la enfermedad del ligue y no distinguía edad femenina comprendida entre los doce y los ochenta años. Estuvo muy contento de descubrirme dentro de la misma causa.

—¡Será una revolución fascinante, Bogey! ¡Una

superproducción en technicolor! Yo ya tengo el papel estelar, pero queda vacante el de la chica. Para tu amiga, por ejemplo. ¿Su nombre?

Iluso de mí, yo esperaba que Lola contestara:

> Si quieres llamarme
> un nombre qué más da
> si pronto lo vas a olvidar

Pero le dio el nombre y los dos apellidos, con una voz de hembra impresionada. Hasta el punto que en un aparte me preguntó con voz de peticionaria de autógrafos:

—Es el mismísimo Erroy Flynn, ¿no, Bogey?

—En carne y hueso. Cada día está más gordo.

Lola lanzó un huyyy entusiasmado que me sacudió las raíces de la barba. Así es que me puse de acuerdo con el piloto y una noche abandoné el barco en una motora a pocas millas de la costa de Yucatán. El reencuentro con Lola me había asqueado, no por ella, ni por mí, tal vez por los dos, o por la imposibilidad de recuperar nada auténticamente.

—Así es que ¿la dejó?

—Sí.

—No la mató entonces.

—No exactamente.

—Ni exacta ni inexactamente. No la mató.

—No.

—¿Entonces?

—Tampoco era el momento.

—Para usted nunca es el momento.

—Aún sigue la historia. Aún volveré a encontrarla.

—¿Cuándo?

—Años después.

—¡Sáltese la paja, por lo que más quiera! ¡Cuándo! ¡Dónde!

—¿No le interesa mi participación en la revolución cubana?

—No.

—¿En la guerra de Argelia?

—Menos.

—De todas maneras algo he de contarle de lo de Argelia, porque mi último encuentro con Lola guarda relación. Precisamente acababa de salir de la cárcel cuando la vi en París en 1968.

—¿La cárcel?

—Sí; estuve allí por un confuso asunto de armas. No muy glorioso, la verdad. Vivía yo en París en 1963 cuando ya estaba firmado el acuerdo entre De Gaulle y el FLN. Una muchacha me dijo que si quería guardarle unas armas: ¿Para qué son? Para cargarnos a éstos. Y me enseñó una fotografía en la que había mucha gente. Mucha. Bueno, le dije. La cuestión es que fui a la cárcel por colaborar con la OAS en los preparativos de un atentado contra De Gaulle.

—¡Usted!

—Sí. Yo. Ya me daba igual. Una noche estaba yo en posición de firmes ante la celda. Había sonado el toque de silencio. Me había dicho como cada noche:

> No digas adiós
> adiós
> días llegarán
> vendrán
> horas de cristal
> y el mar

Y casi veía el mar cuando cesaba la trompeta. Estaba yo en posición de firmes preparado para el recuento cuando oí el himno de los partisanos en la voz de alguien que lo tarareaba en el piso de arriba. Me dije: un resistente, un ex resistente. Y se me nublaron los ojos. Pero no era un resistente. Era un suizo miembro de la OAS. Se había apropiado del signo de la cruz. Cumplí la condena entre chusma de aquella especie y recuperé la libertad en París pocas semanas antes del mayo de 1968. No tenía dinero y casi ya no tenía señas de identidad. Recuperaba mi libertad para nada y sólo podía recorrer las orillas del Sena o dejarme succionar por la sórdida alegría de cafetines donde sobrevivían artistas viejos llenos de termitas. Y en un cafetín encontré a Lola...

—La mató entonces.

—... dorada, rutilante...

—¿Qué me cuenta usted? ¿Cómo podía seguir dorada, rutilante, más de treinta años después? ¿Con quién cree que habla? Y usted, usted mismo. ¿Qué edad tiene?

—Treinta y cuatro años recién cumplidos.

—Y ¿cómo puede haber vivido todo lo que me ha contado? ¿Cómo pudo conocer a Lola, matarla, estar en todos esos sitios?

—No. Jamás he estado en esos sitios.

—¿Y Lola?

—No. Tampoco conocí a Lola.

—¿Y usted?

—He nacido tarde, simplemente. Cuando yo nací ya había acabado la aventura, el derecho y el deber de la aventura. Lola estaba en los libros y a veces en la piedad del reprise en los cines de barrio. Se habían gastado toda la épica y todo el lirismo. No habían dejado nada para mí. Si acaso un destino de burócrata de la nada que podía llegar por su propio esfuerzo desde la más absoluta pobreza a la nada o desde la nada a la más absoluta pobreza.

—¿Y por qué me ha mentido? ¿Por qué me ha dicho desde el principio que mató a Lola?

—Podía muy bien haber ocurrido, y usted sólo me escucharía si sabía que yo tenía un excelente final.

—Ni siquiera es cierto que usted viaje entre Illinois y el infinito.

—Según se mire.

—Ni el bonito cuento de la patria y la bandera de la libertad.

—También, según se mire. Pero en líneas generales es cierto. Su indignación está al menos justificada. He de reconocerlo.

—Lo que más me duele es que esta historia acabe así.

—De alguna manera ha de acabar. No. Yo jamás maté a Lola. Jamás conocí a Lola. Nunca fui Humphrey Bogart. En realidad nací cuando era imposible ser Humphrey Bogart y abrí los ojos a la historia cuando empezaba a arriarse toda bandera de libertad. La libertad es una meta lejana.

—¿Y para este final he tenido que aguantarle horas y horas?

—¿Tenía algo mejor que hacer?

—No. Es verdad.

—Espere. En su honor construiré un final. Incluso es posible que un final feliz.

—Usted no tiene finales felices.

—Tengo un coche. Puedo buscarlo en cualquier parte.

—¿Las cataratas del Niágara?

—Por ejemplo. Puede ser mi meta. Nunca podré amar a una cabaretera ambigua, lechosa y dorada. Nunca tendré la oportunidad de perder una guerra con mis propias manos o perder una revolución con mis propios deseos. Durante mucho tiempo el mundo va a caminar sin horizontes y los espejos quedarán cegados, en la imposibilidad de devolver modelos. Será un tiempo de viaje entre el infinito e Illinois.

—Los Ángeles.

—Ya da igual. Yo tengo un coche. ¿Quiere usted un final feliz en la cataratas del Niágara?

—Si no hay crimen ya no me interesa.

—Siempre queda el suspense. No es fácil llegar a las cataratas. Yo mismo, a pesar de que me aplico, no sé si alguna vez llegaré a las cataratas del Niágara, en el milagro del vuelo *charter* y del *tour operator,* con una cámara japonesa y la obligación inexcusable de enviar postales a quince o dieciséis drogadictos del recuerdo y de la correspondencia. Pero mientras tanto sé que estoy en camino, y cuando doy el contacto, piso suavemente el acelerador, en mis manos cobra vida toda la carne fría de mi coche, presiento que mi reino es de este mundo, que aunque nunca llegue a las cataratas del Niágara habré estado en camino, avanzando por las dudosas coordenadas que jalonan el recorrido entre la madriguera y el infinito. No es que me ciegue la pasión de dueño, pero mi coche tiene alma y la percibo a través de nuestros puntos de contacto: el volante, la blandura propicia del asiento; la obediencia afirmativa de los pedales, la familiaridad del parabrisas y el retrovisor, espejos trucados que me devuelven los rostros y los mundos que elijo.

»No me interrumpa, por favor. Ha llegado el momento de las confidencias más auténticas.

»Desde que abandoné la placenta de mi santa madre, jamás encontré mejor envoltorio. Incluso me gusta conducir con las ventanillas cerradas, completamente mío el aire que respiro, mía la capacidad de ruido, detenido el ámbito que se metió en el coche al entrar yo aposentado sobre los objetos tan familiares, ordenados o descuidados: un paraguas, un libro que jamás leí y el sol han convertido en cosa vieja en poco tiempo, mi cojín de ganchillo y esas caquitas de mi imaginación que desde el escaparate de los cristales pregonan que estuve entre Santurce y Bilbao y que en ocasiones suele extasiarme ante la muerte alada o frenética de las *gogo-girls* de Playa de Aro. Quiero estudiar muy seriamente la posibilidad de incorporar un bidé con surtidor, un tresillo, un triturador de basuras para las colillas y una instalación de calor negro extraplano o extralargo, ni poco ni mucho, sólo lo suficiente para que la inversión en telefónica no me impida incorporar un mueble-bar lleno de coñac etiqueta negra, incluso una cama con vibrador para los viajes largos, o tal vez soñar no cuesta dinero, un dragaminas para los alevosos clavos que más de una vez han interrumpido la placidez de mi identificación con esta entrañable cáscara utilitaria.

»Y sólo la buena crianza, se lo aseguro, me ha impedido colocar leyendas agresivas: *Echa el cierre, Robespierre o Evaristo, que te han visto.* No es que me falte valor, porque el coche me comunica la fuerza de sus caballos y con su punta acoso a los coches inferiores que se ponen por delante, les castigo el trasero con la impertinencia de mi proximidad, poco a poco les venzo al adelantarles, y al llegar a la altura de las ventanillas enemigas escupo una mirada de desprecio al conductor vencido, avergonzado, destruido, impotente, ante mi fuerza. Pero si pongo leyendas excesivamente agresivas alguien podría pensar que no tengo medida y uno es un señor. Conduzco como un señor. Con los brazos relajados, las palmas de las manos acariciando el volante y de vez en cuando aferrándolo con enérgica posesión, despertando a la hermosa bestia de cualquier sueño de posible independencia.

»A los coches hay que dominarlos, porque ese dominio impregna el paisaje que recorres, los enemigos vencidos, las mujeres que abandonas al pasar fugaz ante ellas sin concederles el honor del frenazo, del: "Señorita, ¿puedo acompañarla?" Por cierto, tal vez le aburra o le abrume con mi entusiasmo.

—Ya todo da casi igual. Por mí puede seguir.

—Un coche, amigo mío, te habre libre, te libera

de la obscenidad de los compromisos pequeños o grandes. No hay placer comparable al de iniciar un recorrido inmotivado y dejar que la conjunción entre el coche y los caminos te lleve a lugares innecesarios. El mundo no es necesario, pasar por él, sí.

—Plagio. *Vivir no es necesario, navegar sí.* Pero siga. Ha conseguido casi mi total destrucción.

—Sólo lamento la grosería técnica que ha impedido la consecución de un coche capaz de encenderte el hogar, prepararte las zapatillas y rascarte la espalda mientras te abres las ventanas del gusto a los efluvios de unas patatas fritas y una pescadilla artísticamente dispuesta con la cabeza en los pies, como los gatos domésticos o las vírgenes de antes de la guerra de los cien años.

»¿Y qué decir de la precariedad imaginativa de los diseñadores, incapaces de dibujar el coche catedral con incensario y cripta de santa incorrupta, tesoro catedralicio y guía gallego pluriempleado ex combatiente en la pesca del atún? Hasta que el diseño industrial no consiga captar las frustraciones del alma de los automovilistas seguiremos en la Edad Media del placer. Más relativa la capacidad de contento, yo me conformo con esta entrañable máquina que me agradece las buenas gasolinas y se estremece de gozo cada vez que le paso la gamuza por los lomos y la tiento el tubo de escape por si vibra en exceso.

»Me gusta suavizar la velocidad cuando paso

ante los escaparates largos, porque el cristal me devuelve la turbadora estampa de nuestra unidad de destino. El coche y yo unidos para siempre en el túnel misterioso de la distancia, con mis manos aferrándole la víscera de la dirección. Eternizaría el momento en un ralentí de buzo, sumergido en el fondo de un océano urbano. Hasta considero que me favorece el enmarque de mi ventanilla tradicional, que subraya la armonía de los cantos de mi rostro y da una impresión de firmeza y dirección a mi trayectoria vital. Dentro de mi coche soy el dueño del mundo. Sostengo la mirada de las mujeres peatonas, las recorro de arriba abajo en busca de sus misterios orográficos y en ocasiones les lanzo un chorrito de luz con los faros para sorprenderlas, detenerlas, poseerlas en el instante de su indecisión de tortugas sin proyecto vital.

»Y si las mujeres van en otro coche, ¡cómo les hago bajar la cabeza al adelantarlas, aunque olvidan medio ojo para valorarme en mi huida, lamentan mi huida, lamentan la cadena que les une a un destino diferente, probablemente al hombre mediocre que se ha dejado pasar por mi potencia. Vives momentos entrañables. Has dejado el ruido y la furia de las palabras que matan o duermen, has dejado incluso la constante necesidad de acometer acciones de dudoso resultado y te entregas al silencio del túnel que abres, a la acción que se continúa a sí misma.

»Y es entonces cuando necesitarás un cierto talento épico para componer una sinfonía de homenaje a la plenitud de los esfuerzos con resultados inmediatos. He de reconocer que nunca he conseguido componerla, pero en su defecto me he comprado un radiocasete y sintonizo las emisoras de frecuencia modulada. En días de lluvia, el preludio de *La del Soto del Parral.* En días de sol, *Dónde estará mi carro.* Pero siempre una melodía ha de poner música de fondo a esta película en la que soy el único privilegiado intérprete.

»Y así hasta la muerte. Una muerte diferente. El coche orientado hacia la línea del horizonte, detrás los abandonos y las víctimas y en la vacuola del paraíso cruzar la frontera del misterio. Yo, que jamás tuve demasiado talento para las artes ni las letras, cuando subo al coche me transformo en un caracol inalcanzable. Adquiero palabras e imágenes que nunca tuve, y aunque nunca llegue a las cataratas del Niágara, en el milagro de un vuelo *charter* y el *tour operator,* con una cámara japonesa y la obligación inexcusable de enviar postales a quince o dieciséis drogadictos del recuerdo y la correspondencia, viviré con la sana alegría interior del que sabe que el movimiento se demuestra huyendo. Y en cuanto a Lola...

—No vuelva a las andadas, por favor. No reconstruya el fantasma.

—A usted sólo le interesa Lola.

—Ya pasó. Déjelo.

—Sólo le interesaba Lola. Es como todos, como yo mismo.

—Insisto. Déjelo. No me gusta su final.

—Tengo otro. No sé si le dije que una vez la vi en otro coche. O más de una vez. De hecho siempre la veo en otro coche y en sus ojos descubro la cinta continua de la canción con que despide hombres y paisajes: pasa de largo extranjero, no hay piedad para el que pierde el tren del viento.

—¿Era Lola? ¿De verdad?

—Seguro.

La Garriga, 1973.

LA VIDA PRIVADA
DEL DOCTOR BETRIU

> En resumen, que desde aquel día en adelante sólo por medio de un increíble esfuerzo comparable a la gimnasia y bajo el estímulo inmediato de la poción, pude conservar la apariencia de Jeckyll.
>
> R. L. Stevenson, El *doctor Jeckyll y míster Hyde.*

Aunque era público y notorio que Tomás estaba especializado en *Dencás y el fascismo italiano,* nadie se extrañaba de su gran ductilidad para adaptarse a las asignaturas más generales y más particulares. Era un escuchadísimo profesor de Historia General en el primer curso de la facultad y un estimulante conductor de un restringido seminario sobre Ideologías y Clases Sociales al que asistían devotos alumnos de quinto. Sus ex compañeros de estudios, seguidores de su trayectoria desde la adolescencia, no se sorprendían ante tal variedad de registros académicos.

—Vive para leer.

Sentenciaban.

—Siempre ha sido así.

Miope y con paraguas, invierno y verano, lloviese o luciendo el sol, casposo, con ocho o doce kilos de más especialmente concentrados en la cara y en el culo, siempre parecía estar de luto gris, aunque sonriera fumigando amabilidad como si fuera polen y nadie le recordara otra irritación que la experimentada cuando el profesor Biel Colom sostuvo en su presencia que las raíces árabes eran más determinantes que las catalanas para explicar la historia de Mallorca. La crispación del doctor Tomás Betriu fue posteriormente justificada por él mismo, aduciendo que no había reaccionado apasionadamente ante la superchería científica de Colom, sino ante la evidencia de que estaba falsificando volontieri sus propios puntos de vista.

—Los actores me irritan.

Fue la primera noticia que todos tuvimos de que a Betriu le irritaba algo, y aunque alguno de sus compañeros tratamos de argumentarle que todos interpretábamos uno, dos y a veces muchos papeles, Betriu siguió en sus trece y desde entonces se erizaba cada vez que Biel le ponía a una distancia poco prudente, hasta el extremo de que aquella animosidad llegó a ser un punto de referencia necesario para toda la comunidad de profesores del Departamento, no muy sobrado de motivos de expectación. Por lo demás, Betriu era austero en las comidas, ceremonioso con las compañeras de oficio y con las alumnas, generoso con sus colegas y pulcro en sus camisas, característica de agradecer en un contexto de profesores solterones o mal casados.

Nunca había pasado de ser un espectáculo confirmador de las poquedades vitales del mundo docente, de no haber sostenido yo aquella temporada una relación intermitente con una profesora de psiquiatría que a veces venía a comer conmigo a los comedores de la facultad. Jugábamos a la pareja estable y las comidas se convertían en un anticipo coloquial antes de alguna posmesa en la alcoba de mi apartamento del campus. Cara al techo, semidesnudos de cuerpo y alma, hablábamos de libros, de la impotencia o la mala fe de la izquierda, de trastornos académicos, de compañeros, conversaciones inevitales en nuestro oficio y más como habitantes de todas partes, de cualquier punto cardinal. Tras el caracoleo sobre los últimos libros, dispuesto en nuestro escaparate mental, llegaba el gasto de socarronería a costa de las traiciones de la izquierda, el repaso escéptico sobre las alternativas.

—¿Has leído lo de Sacristán en *Mientras Tanto?*

—Lo estoy traduciendo.

—¿Traduciendo?

—A Sacristán y en general a todos los de *Mientras Tanto* hay que traducirlos antes de leerlos. Escriben para los quinientos filólogos marxistas que quedan en el mundo.

—Ellos pueden haber incurrido en un cierto reduccionismo lingüístico, pero vosotros los historiadores habéis caído en un reduccionismo lógico. ¿De qué te ríes?

—Te miro y no sé si hablas con la boca o con las tetas.

—Imbécil. Machista de mierda.

Y luego el inventario social del paisaje humano de la Universidad. Biel Colom y sus locas aventuras de historia imaginaria, los lingüistas siempre con complejo de castración idiomática practicasen la catalanofilia o la castellanofilia, las locuras pequeñas y etílicas de profesores y profesoras poco establecidos y excesivamente solteros o divorciados.

—Sólo Betriu es inasequible al desaliento. Asimila ciencia como si fuera la esponja total.

—No sé. No sé.

No fue la duda expresada por Luisa sino el tono de la duda, caviloso, serio, rememorante.

—¿Qué quieres decir? ¿Te parece un bluf?

—No. No. No me refiero a su calidad profesional, que es monstruosa, sino a su vida privada.

—¿Vida privada, Betriu? Cuenta. Cuenta.

—No. Es un secreto entre otra persona y yo.

Con un dedo trató de provocarme remolinos en el vello del pecho y lo consiguió cuarenta centímetros más abajo. Me olvidé de Betriu hasta que la acompañé a pie hasta su casa bajo la luna llena de un mayo prometedor de vacaciones. Luisa no me quiso comprometer ni una parte de sus vacaciones. Quería aprovecharlas para un reencuentro con su marido y los niños.

—Os veis cada día.

—Con él casi no me hablo. Los niños sufren. El verano puede arreglarlo.

> Siempre se espera en verano
> mejor
> y propicio para hacer lo que nunca se hizo.

—¿Es tuyo?

—Es un poema mío, muy adolescente.

—Demasiado, diría yo.

Volví a mi casa con lentitud de noche propicia, sin más testigos que los declives verdes del campo de golf, la cerca mural de la Universidad me señalaba el camino de retorno y la luna me hipnotizaba hasta detenerme y sentir entonces la leche blanca, helada del relente en las junturas de mi cuerpo levemente encamisado. La asociación de la luna con el mito del hombre lobo me recordó una vieja consulta aplazada del doctor Riquer, sobre los casos de licantropía recogidos en crónicas gallegas de la Baja Edad Media. Había dedicado un breve curso al tema de las supersticiones en Historia y Literatura, la larga supervivencia de los mitos recogidos por los grandes libros religiosos, su conversión en literatura popular anónima, su diversificación a partir del estallido de las literaturas nacionales y las referencias históricas. Añoré de pronto el breve calor recogido entre las paredes de mi casa y forcé el paso para entrar en la zona residencial. El ruido de otros pasos hizo que aliviara el ritmo de mi marcha para detectar su procedencia y sentido. Venían hacia mí, por la acera opuesta, secundados por el tarareo de una copla entrecortada, y fueron encarnándose en un cuerpo concreto que subía y bajaba de la acera caprichosamente, como si dudara en la elección de vía o no controlara el cálculo de sus pies. Volví a forzar la marcha para rebasar al evidente borracho sin atenderle, pero al llegar a su altura no pude evitar que mi ojo derecho tratara de verle, desvencijado y gordo, sumergido en la sombra cúbica de las casas. Capté algo familiar en aquel cuerpo, pero no me atreví a volverme y comprobarlo, porque temía incluso el mal menor de un diálogo confidencial entre dos niveles etílicos diferentes. La impresión de familiaridad siguió conmigo y ya en casa cavilé sobre la posibilidad de que el hombre de la noche fuera el mismísimo Betriu. Te dejas influir por la sospecha malintencionada de Luisa, me dije antes de dormirme con la luz encendida, porque reclamé el sueño leyendo un artículo de Spaventa del volumen colectivo *Industrialización y Desarrollo* (Comunicación, 24, Alberto Corazón, editor, Madrid, 1974).

—Es curioso. Es un simple artículo metodológico, pero qué distante de cualquier posibilidad de abordar el tema ahora, a estas alturas de la crisis de un modelo de industrialización y desarrollo.

Lo comenté con Sitjar al día siguiente, ante la barra del bar-restaurante de la facultad donde humeaban nuestros dos cafés dobles y solos.

—La ciencia no es neutral y la metodología no es ahistórica. Y mucho menos la metodología que te puede venir de Italia.

—Ya te salió el germanófilo.

—¿Quién es germanófilo?

La pregunta venía de Betriu, a nuestra espalda, sin acabar su gesto de abarcarnos con sus dos brazos abiertos, cortos, gordos, terminados en dos manitas gordezuelas con dedos de niño masturbador. ¿Por qué de niño masturbador? Analicé mi metáfora mientras oía y no oía la conversación entre Betriu y Sitjar.

—Eres una víctima del chauvinismo de Marx, que ha sido heredado por sus seguidores.

Decía Betriu.

—*Halbwissende literati...* así califica Marx a los filósofos que hacen literatura, los filósofos de la tradición cultural francesa «... literatos que saben las cosas a medias». Ésa sería la traducción.

—Y ahora dinos la referencia bibliográfica exacta.

—No tengo ningún inconveniente. Aparece en una carta a Engels escrita en 1873, compilada en el *Marx-Engels Werke,* editado por Dietz Verlag. De la página no me acordaré sin esforzarme.

Reía su propia pedantería.

—La madre que te parió.

Comentó Sitjar, mientras buscaba sitio para sus pies, como abrumados por el peso de la evidencia de las sabidurías de Betriu.

—Es imposible competir con este tío. Ni come, ni caga, ni jode. Sólo estudia.

Sitjar fingía comerse un libro, como si de esa manera Betriu consiguiera alimento para su ciencia.

—Estás empleando una mala táctica. Tendrías que contrarrestar mi exhibición con otra tuya, aunque fuera falsa. Las citas falsas son indestructibles, sólo que consigan un mínimo de verosimilitud. Por ejemplo, *Die Wissenschaftslogik bei Marx und «Das Kapital»,* de Jindrick Zeleney, ¿existe o no existe?

—Anda y que te ondulen. Claro que existe. No leo otra cosa.

—Es cierto. Existe, editado en Frankfurt por la Europäische Verlagsanstalt. Y este libro no sólo existe, sino que tienes obligación de leerlo, porque Zeleney es uno de los marxiólogos más importantes que hay hoy día. Has de vigilar esa psicología de numerario que te está invadiendo. Se nota que tienes el puesto seguro. Si fueras un penene estarías ahora tratando de demostrarme o que no sé tanto como parece o que todo exhibicionismo de este tipo lleva a la frontera de la inutilidad científica, donde empieza la «... inútil acumulación de saber», como diría Adorno. ¿Es de Adorno esta cita?

—Anda ya.

Sitjar se marchó hacia sus clases fingiendo indignación contra Betriu. Éste se reía cogiéndome un brazo, como si temiera caerse por la risa o que yo me marchara.

—Ésta era falsa. Que yo sepa, Adorno nunca lo ha escrito.

—Sitjar tiene razón en parte. Es imposible competir contigo. No sé si es verdad o apariencia, pero da la impresión de que vives para estudiar, de que no es tuyo el placer de perder el tiempo.

Betriu reclamó un cortado y una pasta, cualquiera. Parecía reflexionar profundamente lo que le había dicho.

—Es cierto y no es cierto. Como todo lo que afecta al comportamiento de las personas.

—Igual le ocurre a Colom cuando hace el número de arabista.

Relinchó más que contestó.

—No me hables de ese falsificador, de ese provocador.

Me esperaban ciento doce alumnos dispuestos a que les dijera todo lo que yo sabía sobre la concepción piramidal de la sociedad en la Edad Media y dejé a Betriu comiendo una madalena, diríase que la mismísima madalena de Proust conservada en su propio aceite. Cansado de tratar de convertir la Edad Media en una época fascinante para ciento doce personas cuyo problema más inmediato iba a ser conseguir el seguro de paro antes del año 2000, volví al restaurante para tomar una copa. Estaba lleno de estudiantes silenciosos, los unos dedicados al estudio, los otros a la nada, algunos charlaban, todos parecían una alternativa al paisaje imponente de la alta primavera que se nos metía por las puertas acristaladas abiertas de par en par. Tres o cuatro muchachas exponían escote, piernas y brazos desnudos a las primeras ferocidades solares, allá abajo sobre el césped, con las faldas subidas hasta las ingles y el ceño concentrado de las bellas durmientes con pesadillas. Tenían la misma edad que yo cuando me pudría académicamente en el viejo caserón universitario, entre clandestinidades, saberes apresurados y moralidades adolescentes. Al mirarlas me parecía posible succionarles tiempo perdido, como si fuera un vampiro en trance de renovar las células de su tiempo muerto. Al volverme hacia el interior del local, la carga de sol que llevaban mis ojos me oscureció el interior y tras dos pasos entre penumbras me acerqué a la barra en busca de un estimulante contra la melancolía que me había invadido. Desde otro ventanal, Betriu parecía contemplar el mismo espectáculo carnal que yo había estado admirando. Pedí una copa de Fino frío y me acerqué a Betriu sin reclamar su atención. Miraba los cuerpos de las muchachas como si le hicieran daño en los ojos.

—¿Te gustan?

Tras el sobresalto me ofreció todo el candor del mundo en sus ojos demasiado acristalados.

—¿Qué?

—Esas muchachas.

—Ah . No. No me había fijado. Pensaba en lo que era todo esto hace unos años. ¿Recuerdas cuándo empezaron a construir las facultades?

—Hace un momento recordaba el viejo caserón, la vieja Universidad. Era todo muy diferente. Y nosotros también. Más reprimidos, inhibidos, cargados de miedos reales y abstractos.

—Mis miedos siempre han sido reales.

—¡Qué suerte!

Me despedí sin razonarme a mí mismo por qué estaba molesto. Pero de hecho evité sentarme a la misma mesa que Betriu, justificándomelo por la llegada de Luisa y la necesidad de un aparte para insistirle en el tema de las vacaciones. Luisa me preguntó si iba a ir a la fiesta de los Royo, un matrimonio de profesores aragoneses que se despedían de la facultad porque querían volver a su tierra.

—¿Se van por fin?

—Se van. Hay quien dice que se van acojonados por el asunto del catalán.

—Nadie va a obligarles a dar clases en catalán.

—Es una cuestión territorial. Hay territorios lingüísticos y cualquier alteración en el estatus se contempla como un incordio primero, como una agresión después. Hay reacciones muy viscerales. Yo no lo reduciría a una cuestión de imperialismo ideológico castellano y todo eso. Además son muy simpáticos. Ven a la fiesta. Estarán muy contentos. Díselo a los demás.

—¿A qué demás?

Con un ademán, Luisa abarcó toda la sala del restaurante. Después de comer pasé la consigna de la fiesta a los demás profesores allí presentes y a algunos alumnos de cursos superiores, proclives al trato con los profesores, en razón directa a su voluntad o intención de ser profesores algún día. Betriu forcejeó con la propuesta. Deja por un día tus trabajos. No comprometió un sí, ni un no, pero lo interpreté como un no, por lo que me sorprendió tanto verle aparecer de pronto en el marco de la puerta del comedor living de los Royo, con una botella bajo el brazo, envuelta, como si fuera un regalo de cumpleaños. La dueña de la casa casi tuvo que arrancarle la botella y empujarle al encuentro engullidor de las treinta o cuarenta personas que peleaban por bocadillos, tortillas de patata, vasos de cartón encerados llenos de vino de Cariñena.

—¡Pero si es Betriu, herr doktor Betriu!

Empezaron a caerle chanzas cariñosas que pusieron lucecitas traviesas en sus ojos de genio de la música o de la obstreticia y con las chanzas, ofertas de vasos y bocadillos que le convirtieron en invitado privilegiado. Iba a comentarle a Luisa el éxito social de Tomás cuando descubrí que le estaba examinando críticamente, casi diseccionándole, abrumada por nubes negras interiores que se asomaban a sus ojos como sombras previas a la tormenta. Evité el tema, le ofrecí más vino, yo mismo bebí entre conversaciones fragmentadas que iban escapando a la temática científica, política o profesoral y derivando hacia un erotismo etílico intelectualizado, que fatalmente conduciría a algún *strip tease* incompleto y a contactos más o menos furtivos entre matrimonios separables o a cargo de solteros con hambres atrasadas. Descubrí de pronto a Betriu rodeado de mujeres que jugueteaban con su timidez. Betriu bebía vasos de vino como si tuviera sed de agua. El rojo del blanco de sus ojos desbordaba y tenía incluso los círculos concéntricos de sus dioptrías. Manifestaba la locuacidad estropajosa de la lengua del borracho y mantenía difícilmente la verticalidad en sus desplazamientos. Luego, cuando el *strip tease* de Sánchez Peitx, especialista en sociolingüística, se hubo consumido, parcialmente, según lo convenido, mientras el balance de quiebras de la moral matrimonial se reducía a la fuga de la mujer de un penene de Estadística con un agregado de Economía, busqué a Betriu con los ojos y por mucho que revolví en el montón de acalorados invitados no le hallé, ni siquiera en las otras habitaciones de la casa, ni en ninguno de los dos lavabos, donde también busqué, un tanto sorprendido por mi propio interés hacia Tomás Betriu.

Volví a casa solo porque Luisa tenía que corregir exámenes y uno de sus niños debía levantarse temprano para ir de excursión con el colegio. La luna llena tenía ojeras marcadas aquella noche, ojeras avinadas, del mismo vino que me duplicaba la sangre, y luego empezó a circular como un río espeso por el interior de mi cuerpo cuando me tumbé vestido en la cama. Me despertó la evidencia de gritos lejanos, pero me impidió asumirlos del todo la ocupación de mi cerebro por un poliedro inapelable de dolor. Minutos después vomité y me tomé dos Alka-Seltzer. Recordé los gritos y me asomé a la ventana, pero sólo encontré el perfume de las flores de los naranjos del jardín comunal y un eclipse de luna provocado por nubes lentas. Me repetía el gusto de la tortilla de patatas y me eché a reír en solitario recordando la gracia que me había hecho el comentario de Sitjar.

—Me da miedo la tortilla.

—¿Por qué?

—No metabolizo la cebolla.

Tampoco yo metabolizaba la cebolla, por lo visto. Me guardé el tema para comentárselo al día siguiente a Sitjar durante el desayuno. Me fue imposible hacerlo. Pelirrojo, alto, rubicundo, con ese aspecto de piel áspera de todos los pelirrojos, Sitjar era aquella mañana el centro de una recelosa conversación sobre un tema, al parecer confidencial, que concentraba a casi todo el profesorado desayunante. Me acerqué al grupo.

—La han dejado abierta como si le hubieran hecho la autopsia.

Dos o tres fragmentos de conversación semejantes forzaron mi: ¿Qué ha pasado?, y los apretujones verbales de todos los que querían contarme lo sucedido. Había aparecido ultrajada, mutilada, muerta, una muchacha venezolana que estudiaba Ciencias de la Información.

—Debió de ocurrir mientras nosotros estábamos en la fiesta de los Royo. O muy poco después.

Me callé que había oído gritos. El cuerpo había

aparecido a demasiada distancia de mi casa para que aquellos gritos fueran los mismos que yo había oído o creído oír. Betriu se sumó al grupo y demostró tanta incapacidad para asumir la posibilidad de aquellos hechos como capacidad demostraba cotidianamente para asumir los hechos materia de ciencia. Es imposible. ¿Le han cortado desde la garganta hasta el ombligo? ¿Cómo es posible? ¿Violado? ¿Se ha comprobado? Luego se apartó del grupo y se sentó a una mesa, permaneció ensimismado durante un largo tiempo, con la barbilla y las dos manos sobre la empuñadura del paraguas sostenedor. Pidió al camarero un chinchón seco. Luego otro. El camarero viajó cinco o seis veces hasta la mesa de Betriu, que fue la nuestra cuando llegó la hora de la comida, porque quise que nos sentáramos junto a Tomás, por motivos no del todo desvelados ni siquiera hacia mí mismo.

Él nos cogió con alegría aún suavemente alcoholizado. Durante la comida cambió el anís seco por el vino de la casa, un rosado helado que catapultó hacia las profundidades de un estómago insaciable. No todos apreciaron aquel brusco cambio de conducta, pero recuerdo que Sitjar y yo nos sonreímos, cómplices ante las debilidades alcohólicas que empezábamos a descubrir en Betriu. El cambio de conducta se hizo ostensible para todos cuando Sitjar pronunció correctísimamente la frase:

—Me cago en Proudhon y en Carlos Marx.

Sonó como un pistoletazo de alerta para los más imprevisibles acontecimientos. Betriu exclamó decidido:

—Yo no me cago en Hegel porque el médico me ha prohibido tocar mierda.

Tratamos de impedir que siguiera con el anís seco después del café. Fue inútil. Recordaba divertido que le esperaba una clase con los de quinto sobre la *Idea de Progreso* en el siglo XIX y una mesa redonda en el Centro de Estudios Marxistas sobre *Ecología y Marxismo. La alternativa Verde.* No hizo falta que se lo dijera. Sitjar fue al decanato a anular la clase y no sin forcejeo conseguimos que Betriu se dejara acompañar a su casa para descansar y recuperar la coherencia antes de la charla.

—Me cago en Jenny de Westfalia. ¿Sabéis quién era Jenny de Westfalia?

No era la suya una conducta alcohólica bamboleante. Al contrario. Parecía armado por un corsé de ballestas y secundaba nuestro avance con la rigidez del húsar de Chernopol. Sitjar y yo quedamos encargados de dejarle en casa y allí fuimos en mi coche porque Betriu había escogido un apartamento ajardinado en el límite mismo de la Ciudad Universitaria.

—No habrá nadie. Nunca hay nadie. Me cago en Hobsbawn. «Mientras la historia de toda economía capitalista puede ser estudiada como existente por sí misma (o en relación natural con otras economías, lo que, en el fondo, es lo mismo), es también esencial analizarla en el complejo de todo el mundo capitalista.» ¿Vosotros creéis que es posible ir por el mundo escribiendo estas chorradas?

Un jardín pequeño, cuidado, con matas reguladas de don diegos silvestres, laureles, plantas aromáticas, florecientes romeros, un pequeño sauce bien alimentado de agua. Luego el espectáculo de una casa sin paredes visibles, materialmente revestida de libros, olorosa a cerrado y a tabaco de pipa holandés. Buscamos su habitación en el piso de arriba. Se dejó caer sobre la cama, pero se revolvió corajudo cuando empezamos a desnudarle con una tensa obsesión por taparse las partes con las manos cruzadas. Le dejamos solo, enfrentado al agónico girar de su techo, con la respiración llena de ronquidos fallidos. Sitjar buscó inútilmente sal de frutas o Alka-Seltzer. Yo fui más afortunado y encontré una bolsita de manzanilla. Mientras le preparaba la infusión oí los gritos de Sitjar desde abajo. Acudí a su llamada desde el fondo del sótano, bajando por una escalera de madera crujiente recientemente barnizada. Sitjar me esperaba a la luz de una bombilla desvestida que colgaba desde el cénit. A su alrededor se extendía un mar de botellas vacías, deshabitadas pero expectantes, enmarcando un viejo sillón tapizado de plástico situado bajo la bombilla y junto a una mesilla que sostenía abierto el libro *La crisis del pogreso,* de Georges Friedman.

—Tiene huevos el asunto. Prepara las clases aquí.

Y Sitjar me señalaba las pruebas del cenicero lleno de cenizas y virutas de tabaco de pipa, del vaso casi gastado por el uso que aún contenía restos de un licor espeso.

—Drambuie.

Diagnosticó Sitjar después de olerlo. Toda la pulcritud de la vivienda de arriba desaparecía en este antro maloliente a alcoholes agriados, oxidados, empolvados. El sótano tenía una salida directa a una calle trasera, justo en la frontera de los terrenos de la Ciudad Universitaria, frontera delimitada por la tapia de un convento de clarisas. Al abrir esta puerta se estableció una batalla a muerte entre el aire rancio almacenado en el sótano y los olores de madreselva que venían de la del presentido jardín de las clarisas. No pude asistir demasiado tiempo a la batalla porque nuevamente me reclamaban las llamadas de Sitjar. Había abierto una pequeña habitación para trastos, semioculta por las estanterías de botellas de vino en su interior, entre objetos destruidos, arcones, embutidos colgantes de cañas, se había conformado un camerino con tocador, espejo abombillado, un armarito cerrado con persiana de madera dentro del que permanecían deshinchadas pelucas y barbas postizas.

—Y mira esto.

Esto era un puño de hierro, un spray adormecedor de defensa, una navaja automática de quince centímetros de hoja, como criaturas de ortopedia contenidas en un cajoncillo de difícil desliz, con las maderas hinchadas por la humedad. El gruñido de los escalones nos hizo abandonar el habitáculo y afrontar al vacilante Betriu que trataba de bajar la escalera como si un oleaje de tempestad tratara de impedírselo.

—¿Dónde estáis?

—Buscábamos Alka-Seltzer.

—¿Creéis que tengo un sótano lleno de Alka-Seltzer? Esto es en realidad un trastero.

Nos dio la espalda y le seguimos. Fue sin vacilaciones hasta el frigorífico, sacó una jarra llena de agua helada y bebió directamente de ella sin protegerse del líquido que le caía por ambos lados de la boca hasta empaparle la camisa y pegársela a la piel del pecho. Eructó y respiró con placentera ansiedad.

—El chinchón es matador.

Sus escasos cabellos húmedos buscaban todas las direcciones posibles para enseñar los claveros de su cabeza, la bandada rosada del cuero cabelludo. Ojos enfermos, rojos, como despellejados sin las gafas. Labios hinchados por la sed. Movimientos destruidos como si llevara plomo en todas las esquinas del cuerpo. El agua sobre la pechera parecía una mezcla de sudor y aceite que le gotease de las facciones descompuestas.

—Ya estoy mejor. Gracias.

Era una invitación a que nos marcháramos. No hicimos comentarios mientras acompañaba a Sitjar a la facultad, pero cada uno pensaba en el misterio de aquel sótano hecho a la medida de un Betriu desconocido. Aquella noche tenía trabajo en la corrección del último examen trimestral, pero forcé un encuentro con Luisa para cenar en un parador argentino que acababan de abrir en la carretera.

—¿A qué tanta urgencia?

—Estoy deprimido.

—¿Lo de la chica? Había sido alumna mía. El año pasado di un cursillo sobre Psicología de Masas en Ciencias de la Información. Es horrible. Lo relacionan con el asalto a dos mujeres de la limpieza en la facultad de Económicas. Una en enero y otra la primavera pasada, hace casi un año. Entonces sólo hubo violación y golpes.

—¿Y el asaltante?

—No supieron o no quisieron describirlo. El procedimiento fue el mismo, pero las descripciones eran diferentes. Les da un golpe en la oscuridad, las atonta, las amenaza, luego hace lo que puede, más palos y adiós. Casi sin hablar, con gritos guturales. Pero esta vez se ha pasado.

Le conté lo ocurrido con Betriu y los hallazgos en su casa. Me escuchaba con una atención absorbente, como si con todo el cuerpo me exigiera que siguiera hablando, que lo dijera todo cuanto antes.

—El otro día me insinuaste algo sobre él.

—Fue una confidencia personal que me hizo una alumna. Creo que ahora debo contártelo. Ya sabes cómo es Betriu, tímido, reservado. Suscita impulsos de protección en las mujeres. Una noche una alumna mía estaba en una discoteca de la carretera. No iba sola, iba con un novio en plena bronca, es decir, estaban haciendo balance y despidiéndose porque las cosas no marchaban. Los chicos habían tomado un par de porros y estaban flotantes. De pronto vieron a Betriu en un rincón de la barra, como defendiéndose de la luz. Tomaba un vaso tras de otro. Para desairar a su pareja y motivada también por la soledad que rodeaba a Tomás, se le acercó y empezó a bromear con él. Imagínate, un poco de picardía ante el descubrimiento de Betriu como bebedor y animal noctámbulo y un poco de ternura ante el solterón apocado. Pero Betriu siguió el juego muy bien, parecía transfigurado, se insinuaba, el tío, seguía el juego. La chica se metió en el rollo y poco después entraba en casa de Tomás, ya con media mano de él entre las tetas. A ella le abandonó el valor o la curiosidad. De pronto le dio miedo y un cierto asco aquel semiborracho que trataba de seguir siendo brillante entre las ruinas de su lucidez. Estaba semidesnuda y Betriu se sacó los pantalones, se quedó así, con el trasto fuera y sin quitarse los calcetines. ¿Te lo imaginas? Ella le dijo que no había tomado pastillas, que había descuidado el diafragma. Él entonces la obligó a chupársela y a ponerse a cuatro patas para sodomizarla. Para entonces la chica ya estaba muerta de miedo, le dejaba hacer, se oponía mínimamente. Él o no sabía o no podía metérsela y la escena se prolongó tiempo y tiempo hasta que los nervios de ella estallaron y empezó a gritar. Betriu la sacó de casa a empujones y le tiró la ropa al jardín para que se vistiera allí.

—¿La brutalizó?

—No me vengas con eufemismos. No. Ni la penetró ni le pegó. Tuvo la reacción normal en un tímido sexual que de pronto ve una situación propicia: una muchacha joven, casi inexperta, entregada.

—Fue ella la que se metió en su casa.

—Él utilizó la coacción del prestigio profesoral, intelectual, y se aprovechó de la debilidad de la ternura. La chica tardó meses en recuperarse y aún va al psiquiatra.

—¿Va al psiquiatra por haber entrado o por haber salido de casa de Betriu?

—No tomes partido por un compinche. Él tenía que haber respetado la negativa de la chica.

A partir de esta conversación, el espionaje de Betriu se convirtió en una obsesión para mí. Y sin llegar a decírnoslo, también Sitjar le vigilaba a distancia, a pesar de que Tomás seguía siendo el mismo profesor de sabiduría apabullante de siempre, puntual, amable, exhibiendo una urbanidad de buena crianza combinada con timidez congénita. El caso de la estudiante venezolana parecía solucionado con la detención de un repartidor de giros telegráficos que frecuentaba asiduamente la residencia de estudiantes donde vivía la chica. Además, todos teníamos prisa porque el curso acabara. Tenía ante mí la perspectiva de un verano con Luisa atravesando la Arcadia, desde Nauphlia hasta Olimpia, o de un verano en Camprodón, en la masía de mis padres, acabando de una vez mi ensayo sobre las supersticiones en Cataluña durante la época dorada de la Inquisición. Luisa no acababa de decidirse y su oferta de hacer el viaje a Grecia en compañía de sus hijos me sentó tan mal que, aunque nada dije, lo notó y borró la propuesta con una mano, como si hubiera quedado escrita en el aire.

—Compréndelo.

Mediaba junio cuando hice los últimos exámenes y me quedé hasta el anochecer en mi despacho del departamento, ordenando los trabajos para empezar a puntuarlos. Salí a estirar las piernas sobre el césped y vi luz en el despacho de Betriu.

Cuando volví al edificio mis pasos me condujeron hacia el pasillo donde estaba su despacho y mi mano empujó suavemente la puerta de cristal biselado hasta permitirme la visión de Betriu desparramado sobre su silla giratoria, con un vaso en la mano lleno de hielo y de Cointreau. La botella servía de pisapapeles sobre los exámenes amontonados. Betriu hablaba solo y se respondía farfullando algo ininteligible, pero muy divertido al parecer porque se reía de sus propias respuestas. Me retiré y telefoneé a Sitjar dándole una cita inmediata en la entrada de acceso al campus, junto al rectorado. Era un buen puesto de observación para comprobar los movimientos de Betriu: se veía la luz de su despacho y el parking inmediato donde estaba su coche aparcado. Sitjar llegó y se situó a mi lado sin hacerme preguntas. Fumábamos en silencio sin quitar la vista de la luz de la ventana.

—Puede durar toda la noche.

—O lo hago o reviento.

—Esta historia me ha quitado el sueño durante semanas.

Brillaba a lo lejos el lucerío de un parque de atracciones itinerante reinstalado allí cada verano hasta el punto de convertirse en uno de los signos del cambio de estación.

—Recuerdo una foto de Nietszche publicada en una biografía sobre Lou von Salomé.

Sitjar se encogió de hombros.

—La Salomé fue amante de Nietszche, Rilke, Freud...

—¿Una coleccionista?

—En cierto sentido. En el libro salía la clásica foto trucada de feria: un carrito de cartón, Nietszche en el lugar del caballo y la Salomé sobre el carro, como flagelándole. La foto es la evidencia misma de que hasta el ser humano más inteligente dispone de un rincón oscuro en su alma para la más feroz estupidez.

—La estupidez es un mal menor. La maldad. Eso es lo grave.

Pensé en mi crueldad de hacía unas horas, cuando forzaba a Luisa a pasar el verano conmigo colocándola entre mi espada y la pared de sus hijos. Recordaba las figuras difuminadas de aquellos niños como odiosos rivales a los que no me importaría borrar de las páginas de nuestra historia. A veces había imaginado la definitiva ruptura matrimonial de Luisa, su llegada a mi casa con todos sus hijos y mi posterior trabajo para convencerla de que los internara en un colegio.

La luz se apagó. Minutos después, Betriu apareció por la puerta de la facultad. Respiró varias veces con toda la profundidad de sus pulmones. Sólo quedaban tres o cuatro coches aparcados, pero Betriu examinó el parking como si le costara distinguir el suyo. Le costó igualmente acertar con la ranura de la cerradura, y cuando arrancó, yo ya estaba sentado en el coche que conducía Sitjar. Esperamos a que rebasara nuestra posición para encender las luces y le seguimos hasta la carretera lateral que llevaba hacia la ciudad residencial de los profesores. Paró ante el jardín de su apartamento. No metió el coche en el garaje. Parecía guiado por una obsesiva prisa. Esperamos a veinte metros de la casa, con las luces apagadas.

—Puede no volver a salir.

—Ha dejado el coche fuera. Con lo meticuloso que es.

—Está borracho.

No se hizo esperar demasiado. Salió con la cabeza inclinada y la chaqueta en un brazo dispuesta como para ocultar la cara, pero no conseguía impedir que viéramos la transformación de su persona, enfundada en un brillante traje de alpaca, culminada por una peluca. Incluso parecía más alto. Subió al coche y arrancó bruscamente. Tenía ganas de encontrar la carretera cuanto antes y cuando la encontró se lanzó a toda velocidad por un túnel de grises claridades delimitadas otra vez por la luna llena. Descubrí entonces que volvía a haber luna llena y que seguía sin hacer la consulta con Riquer.

—Me siento como un estúpido.

—De vez en cuando hay que respetar al niño que llevamos dentro.

Mi propia risa me sonó a histérica. Recordé de

pronto la persecución de un profesor hacía más de treinta años. Una docena de liliputienses siguiendo a aquel joven profesor blanco, fofo, que escribía poemas y se bebía los huevos crudos en nuestra presencia, como si fuera un prestidigitador o un alquimista. La persecusión del profesor nos llevó a una triste tintorería de barrio donde su madre trabajaba de planchadora y él iba a buscarla a la salida de nuestro colegio. Le seguimos tres o cuatro veces hasta descubrir que el amor a la madre, sobre todo si es viuda, no está reñido con la sobrealimentación con huevos duros, sobre todo si el muchacho ha sido un niño con ganglios y cliente constante en los Dispensarios Blancos.

El coche de Betriu se zambulló en el parking privado de una roja discoteca iluminada como si fuera la antesala de un infierno de pueblo. La cantidad de coches traducía la inmensidad de la discoteca de estética prefabricada, a manera de almacén de sonido, luz, sudor y contactos furtivos. La música electrosónica nos paró en la puerta con un golpe en el esternón y en los oídos que indignó nuestro ceño.

—Desde hace diez años no entraba en un antro como éste. Entonces estaba de moda Ottis Reding.

—Prehistoria, hijo. Mi chica no para de hablar de eminencias del rock, pero no memorizo.

—No metabolizas.

—Eso. No metabolizo.

Más de quinientos condenados a aquel sonido fingían respirarlo, vivirlo, beberlo, expulsarlo como una energía renovable. Las luces rompían los cuerpos. Disfrazaban las pieles de tejido y los tejidos de pieles. Destruían la simetría de los rostros y convertían la naturaleza humana en un cuadro pintado por Gris o Bracque completamente borrachos. Y sin embargo, las extrañas criaturas estaban contentas con su suerte y hasta conseguían hablar en lucha contra el sonido, conseguían reconocerse y amarse no sólo en los rincones, sino de pie, con las lenguas apresadas por las bocas ajenas, como si fueran asideros que impidieran la caída al suelo, que garantizaran la rota verticalidad de los danzantes. Vertical hasta la rigidez de momia, Betriu ya tenía una copa en la mano y seguía con la otra el ritmo que se le escapaba como un animal nervioso. De vez en cuando la luz le describía bajo su peluca gris, pulcra, de ejecutivo con peluquero muy apellidado. Corbata. Alfiler de corbata. Una rigidez de puños de la camisa sólo conseguible con el concurso de gemelos enriquecidos por el oro y tal vez algún brillante. ¿Aguamarinas? Tan fascinado estaba por el espectáculo que abandonamos la prudencia inicial para acercarnos. Quedamos a sus espaldas, yo con un gintonic en la copa, Sitjar con un San Francisco sin alcohol. Betriu buscaba con los ojos los cuerpos jóvenes. Su cabeza secundaba los movimientos ajenos. De pronto quedaba rígida.

Había descubierto alguna muchacha solitaria a la que se acercaba, sin decirle nada para insinuarle su presencia, impotente su lenguaje ante la impotencia del lenguaje electrosónico. Parecía contentarse con la cercanía de los cuerpos femeninos. Avanzaba en ocasiones miradas que no le recogían o que eran aceptadas con ironía.

—¿Quién es ése?

Le grité a un camarero para vencer la música.

—¿Y yo qué sé? Siempre hay mucha gente.

—¿Viene con frecuencia?

—A veces. Como todo el mundo.

Betriu se había acodado en la barra junto a una mujer disfrazada de muchacha madura, con los pechos en punta, víctima de un Cruzado Mágico. Betriu le proponía tomar una copa y ella decía que no. Inclinaron los dos las cabezas hasta tocar las frentes. Trataban de oírse mutuamente. Ella la apartó para reírse y él adquirió el valor necesario para adelantar el cuerpo y casi pegarlo a la falsa rubia. Ella retrocedió un paso y señaló a alguien entre la multitud. Betriu siguió su brazo como tratando de distinguir el objetivo. Ahora ella parecía indignada, pero Betriu seguía sonriendo. Con la cabeza le hizo el gesto de salir afuera y ella le volvió la espalda para marcharse sin vacilar. Betriu quedó como desnudo, en la sospecha de que el camarero había presenciado la escena, se encogió de hombros despectivamente, con la sonrisa cómplice suplicando complicidad al camarero, pidiéndole otra copa para que fuera más cómplice. Luego buscó la proximidad de dos adolescentes insuficientemente acompañadas. Se repitió el toma y daca de miradas, palabras, risas, sonrisas, molestias, huidas. La noche crecía dentro y fuera del local. Se produjeron primeros y segundos abandonos. Se llegó a la desproporción entre la inmensidad del sonido y la poquedad de los danzantes. Sitjar se apretaba las sienes y me hacía gestos para que nos marcháramos.

—Le esperamos fuera.

—Un momento más.

Betriu parecía cansado. Buscaba cuerpos con el suyo menos tenso, diríase que vencido y finalmente salió fuera para situarse en el paso obligado para los que abandonaban el local. Dirigió propuestas a muchachas no acompañadas, propuestas que repitió ya sentado en el coche, con medio cuerpo asomado por la ventanilla, ofreciéndose como acompañante de mujeres que siempre tenían ya quien les acompañase. Arrancó cuando ya era evidente que aquélla no iba a ser su noche. Tomó el camino de regreso con lentitud de insomnio y al llegar a su casa buscó la calle trasera para aparcar el coche junto a la tapia del convento. Abrió la puerta del sótano y se metió dentro sin cerrarla.

—¿Y si nos descubre dentro?

—Te haces el borracho y le dices que pasábamos por aquí.

—Es un racionalista y no se lo creerá.

No le di tiempo a vacilar. Empujé la puerta con suavidad. La bombilla estaba encendida, el sótano vacío, pero salía luz del trastero camerino. Sitjar y yo nos escondimos tras la estantería de botellas semiinclinadas, como apuntando todas ellas hacia el centro de la estancia, hacia el círculo de luz que iluminaba el escenario justo del sillón, la mesita, el vaso, el cenicero, a la espera del principal actor. Salió Betriu sin peluca, chaqueta, ni corbata, con la camisa arremangada hasta los codos. Se acercó a una de las estanterías llenas de botellas y acarició sus culos empolvados.

—Aquí estáis, pequeñas, salvadas de la quema de Alejandría. Llenas de verdades que no hacen daño a nadie.

Cogió una botella de vino al azar y la abrió con un sacacorchos que colgaba de un clavo hincado en la madera de la estantería. Echó vino en el vaso. Lo removió y tiró el líquido al suelo. Olió el vaso. Lo llenó hasta los bordes y se lo bebió de un trago. Abrió el libro que estaba sobre la mesita, *Historia de la Teoría Política,* de George Sabine (editado por el Fondo de Cultura Económica, México, Madrid, Buenos Aires, 1974). Inclinó lentamente la botella sobre el libro. Tuve que contener la reacción instintiva de Sitjar que trató de impedir la caída del chorro de vino sobre el libro abierto, hasta empaparlo y convertirlo en un borracho de papel.

—Bebe, cabrón, bebe. Bebe y vive.

Decía Betriu en voz alta. Dejó la botella en la mesa, cogió el libro, empezó a deshojarlo calmosamente primero, luego frenéticamente, entre jadeos, insultándolo.

—¡Vive, cabrón, vive!

Cuando contempló la destrucción pateó los restos en el suelo. Se dejó caer en el sillón con todo el peso de su culo y la ira de su vino, hasta el punto de que el sillón levantó sus patas delanteras y estuvo a punto de descabalgarle. Permaneció allí ensimismado. Musitando cosas que sólo él oía. Luego se levantó con torpeza paquidérmica, subió las escaleras con las rodillas dobladas, haciendo fuerza con el brazo derecho sobre la barandilla. Yo ya tenía bastante, pero Sitjar le siguió sin que yo tratara de detenerle. Salí a la calle para fumar un cigarrillo y ponerme de acuerdo con la lógica del amanecer, denunciando los ocres corroídos sobre el muro conventual. No había luna y el sol empujaba la noche desde una lejanía todavía excesiva. Sitjar salió con la cara repartida entre el cansancio y una íntima crispación.

—¿Duerme?

—No. Se está masturbando en el retrete.

Vallvidrera, 1980.

ESPASA BOLSILLO

TÍTULOS PUBLICADOS

1. ANA M.ª MATUTE: *OLVIDADO REY GUDÚ*
2. ROSA MONTERO: *LA HIJA DEL CANÍBAL* (PREMIO PRIMAVERA DE NOVELA)
3. FERNANDO FERNÁN-GÓMEZ: *LA PUERTA DEL SOL*
4. MANUEL LEGUINECHE: *LOS ÁNGELES PERDIDOS*
5. RODDY DOYLE: *PADDY CLARKE, JA, JA, JA*
6. CARDENAL SUENENS: *BALDUINO*
7. LUIS ROJAS MARCOS: *LAS SEMILLAS DE LA VIOLENCIA* (PREMIO ESPASA DE ENSAYO)
8. JAIME DE ARMIÑÁN: *LOS AMANTES ENCUADERNADOS*
9. J. IGNACIO DE ARANA: *MÁS HISTORIAS CURIOSAS DE LA MEDICINA*
10. CRISTINA GARCÍA: *SOÑAR EN CUBANO*
11. ALFONSO USSÍA: *VERSOS PROHIBIDOS*
12. F. PÉREZ ABELLÁN: *CRÓNICA DE LA ESPAÑA NEGRA. LOS 50 CRÍMENES MÁS FAMOSOS*
13. LUIS CARANDELL: *LAS HABAS CONTADAS*
14. GRAHAM GREENE: *EL REVÉS DE LA TRAMA*
15. FERNANDO FERNÁN-GÓMEZ: *¡STOP! NOVELA DE AMOR*
16. MARTÍN PRIETO: *CARTAS A MUJERES*
17. AMANDO DE MIGUEL: *LA ESPAÑA DE NUESTROS ABUELOS*
18. MARGARITA RIVIÈRE: *LO CURSI Y EL PODER DE LA MODA* (PREMIO ESPASA DE ENSAYO)
19. BERNARD S. SIEGEL: *AMOR, MEDICINA MILAGROSA*
20. EVELYNE WAUGH: *UN PUÑADO DE POLVO*
21. SYLVIA PLATH: *LA CAMPANA DE CRISTAL*
22. LOLO RICO: *TV. FÁBRICA DE MENTIRAS*
23. PEDRO VOLTES: *HISTORIA DE LA ESTUPIDEZ HUMANA*
24. TERENCI MOIX: *LA HERIDA DE LA ESFINGE*
25. LUIS ROJAS MARCOS: *LA CIUDAD Y SUS DESAFÍOS*
26. FERNANDO FERNÁN-GÓMEZ: *EL VENDEDOR DE NARANJAS*
27. JON JUARISTI: *EL BUCLE MELANCÓLICO. HISTORIAS DE NACIONALISTAS VASCOS* (PREMIO ESPASA DE ENSAYO)
28. JORGE LUIS BORGES: *NUEVE ENSAYOS DANTESCOS*
29. JOSÉ MARÍA CARRASCAL: *CARTAS ESPAÑOLAS A MI MUJER*
30. RAMÓN PERNAS: *SI TÚ ME DICES VEN*
31. JUAN PANDO: *HOLLYWOOD AL DESNUDO*
32. LUIS SÁNCHEZ POLACK «TIP»: *SANTOS VARONES I Y II*
33. MANUEL LEGUINECHE: *APOCALIPSIS MAO*
34. CAMILO JOSÉ CELA: *EL ESPEJO Y OTROS CUENTOS*

35. Raúl Guerra Garrido: *La Carta*
36. Martín Casariego: *Mi Precio es Ninguno*
37. Luis Rojas Marcos: *Latidos de Fin de Siglo*
38. Javier de las Heras: *Viaje Hacia Uno Mismo*
39. Amando de Miguel: *EL Sexo de Nuestros Abuelos*
40. Pedro Voltes: *Historia de los Balcanes*
41. Susana Fortes: *Las Cenizas de la Bounty*
42. Luis Rojas Marcos: *La Pareja Rota*
43. Manuel Vázquez Montalbán: *Tres Novelas Ejemplares*
44. Pedro Voltes: *Grandes Mentiras de la Historia*
45. Raimon Panikkar: *Invitación a la Sabiduría*